#ハッシュタグストーリー

麻布競馬場
柿原朋哉
カツセマサヒコ
木爾チレン

双葉社

目次

装画　wacca「Midnight me」
装幀　小口翔平＋畑中茜（tobufune）

#ハッシュタグストーリー

#ネットミームと私

麻布競馬場

麻布競馬場
（あざぶけいばじょう）

1991年生まれ、慶應義塾大学卒業。2022年、X（旧Twitter）に投稿し話題を呼んだショートストーリーをまとめた『この部屋から東京タワーは永遠に見えない』で小説家デビュー。

インターネット歴の長い人なら、きっとこの画像を何度も見たことがあるはずだ。奇妙な画像で、しばしば「情報が多すぎる画像で打線組んだw」みたいなタイトルでまとめられているのも見かける。

山間部の農村で撮られた写真のようだ。畦道があって、左右には水の抜かれた田んぼが広がっており、奥には雑木林も見える。まず手前には、顔は見切れていて見えないが、中学か高校のものらしき地味な制服を着た女の子が、カメラに向かって力強く中指を立てている。その少し後ろには、雑種と思しき茶色い犬が、首に散歩用の紐をぶら下げながら手前の少女のほうへと、舌を嬉しそうに出しながら走っている。そして、その少女と犬の背後には、転んで地面に倒れ込みかけている老婆がいる——

まず、何が起きているんだろう？　撮影者とその意図は？　そして、少女の顔こそ隠れているが、画素数の低いカメラで素人が適当に撮ったであろうこの画像が、なぜインターネットの海を漂うようになったのか？　背景情報にまで考えが及ぶと、脳みそが強制シャットダウンされそうになる。ネットでは「クソ田舎に中指立ててる少女」みたいな解釈が定説になっているようだが、それを証明する材料もなければ、説明してくれる当事者が現れることもない。誰もがこの画像のことを知っているのに、誰もこの画像の詳細を知らない——そんな倒錯的な状況が生じているとも言えるだろう。

かく言う私も、この画像のことは何も知らない。ただ、私は少なくとも、この写真の中にいる犬だけは知っている。名前はハナちゃん。何歳なのかは分からないが、少なくとも相当老いていることだけは分かるこの犬は今、オレンジのフットネイルを施した私の足元にいる。すっかり色素の薄くなった毛に覆われたおなかを緩やかに膨らませたり縮めたりしながら、静かに眠っている……そんなハナちゃんを1分ほど見つめてから、私は意を決してSNSにこんな投稿をした。

【拡散希望】この有名な写真に映っている少女を探しています。私は、奥にいる犬の飼い主です。保護犬で、これまでどんなふうに生きてきたか分からないのです。あと何年生きられるか分からないこの犬と、もう一度会って、撫でてやってくれませんか？
2023年8月2日　16：57

＊＊＊

「2位じゃダメなんでしょうか？」

お笑い芸人のモノマネに、観覧客もタレントたちも一同大爆笑。昼過ぎから始まった年末特番が、右上に「アナログ」という透かし文字の入ったテレビの画面からだらだらと流れ出ている。14時半。コタツの置かれたリビングには、私だけがいる。背中を丸めてコタツに入り、あと10時間ほどで終わる2009年を、無抵抗に見送ろうとしていた。

「2位でもいいんじゃないでしょうか？　好美《よしみ》議員もそう思いませんか？」

子供部屋のドアを開けて、大学が冬休みだからと帰省している、姉の朋美《ともみ》がリビングに入ってくる。普段は名古屋で一人暮らしをしている彼女にとって、こんな退屈な田舎町でせめてもの娯楽を求めて出かけるなんてことはまったく非効率かつ不必要なことなのだろう。クリスマスの翌日に実家のマンションに戻ってきたかと思うと、ほとんどの時間を二階の自室で過ごしていた。大学3年生が一体どんなことをやっているのか知らないが、あの姉のことだから、きっと分厚いテキストを広げて机に向かっていたのだろう。かつて「神童」と呼ばれ、現在に至るまでその名誉ある称号を戴く権利を保持し続けている彼女は、キッチンへと歩いてゆき、お母さんが作ってくれていたウーロン茶をヤカンからマグカップに注いで、豪快にゴクゴクと飲んだ。窓の外のずっと遠くを、東海道新幹線がチラチラと光を反射しながら走っていくのが見える。

「ダメなんだよ、2位じゃ。1位の人には分からないと思うけど」

そんなお姉ちゃんの姿を視界の隅で捉えながらも、しかしわざわざ重たい頭を彼女のほうに向けることはせず、私は小さく呟いた。事業仕分けのせいでスパコンが2位になったとしても、お姉ちゃんは永遠に1位であり続けるだろう。3歳上で、現在は名古屋大学の医学部に通うために一人暮らしをしている彼女とは、幼稚園から高校まで全部一緒だったから「朋美ちゃんは私のクラスだったけど、すごい子だったのよ」みたいなことを担任の先生から何度も言われてきた。それほどにお姉ちゃんは優秀な学生だった。まず頭がよくてテストはいつも学年で1位だったし、そのうえ剣道部では部長を務め、生徒会長まで務めたりと、内申点まで完璧だった。「神童・中山《なかやま》朋美」と、みんなやっかみ半分で囃し立てていたし、彼女自身もその称号を、変に照れることなく当然のように受け取っていた。

「なんか面白いのやってるの?」と、2杯目のウーロン茶を手にお姉ちゃんがコタツの向かいに座る。私は「別に」と素っ気なく返すと、入れ替わるようにキッチンへと歩いてゆき、そこでウーロン茶を1杯飲んだ。ゴーゴーとうるさい音を立てるエアコンは、寒がりな父の好みに合わせて30度近くに設定されていて、その熱を存分に吸い込んだステンレス製のヤカンから注いだウーロン茶は妙にぬるかった。それが何となく気持ち悪くて、一口飲んだらあとはシンクに流してしまった。それで私は、「散歩に行ってくる」と感情のこもらない口調でお姉ちゃんに言い残し、去年イオンで買ってもらったオフホワイトのダウンジャケットを適当な部屋着の上から羽織ると、まるでそこから逃げるように、ドアを開けて外に出た。

県庁所在地だというのに、市の中心部から15分も電車に乗れば背の低い住宅街が広がる。その中で一番背の高い、茶色いマンションの4階に私の家がある。5分も歩けば、あたりは水を抜かれた田んぼだらけ。私はそこを歩いている。白っぽく色褪せ、あちこちにひび割れの入ったアスファルトを踏みながら、私は行くあてもなく、どこまでも続くような真っすぐな道を、彷徨うように歩いている。風のない、静かに澄んだ晴れの日だった。12月の終わりの空気は刺すように冷たかったが、リビングのぬるく濁ったような空気をお姉ちゃんと吸っているよりは気分がよかった。

兄弟姉妹に神童がいると、どんな気持ちになるかみんな知っているだろうか？　まず、友達はこんなことを言う。

「お姉ちゃん、めっちゃ頭いいんでしょ？　現役で名大医学部とかヤバイでしょ！」

それくらいならいい。問題は家族だ。

「お姉ちゃんと同じ高校には受かったんだし、もうひと頑張りして成績伸ばせるといいんだけど」

その言葉を、せめて怒鳴るように言ってくれるのだったら、どれだけ救われただろう？　お母さんはいつだって、本気で私という人間の出来の悪さを心配するように、それも最後には「もちろん、無理はしなくていいからね。好美は好美で、いいところがたくさんあるんだから」とまで付け加えて、優しく応援してくれた。

「じゃあ、私のいいところって何？　お姉ちゃんになくて私にあるものって、一体何？　さっき、あるって言ったでしょ？　ねぇ！　そうやって私のこと、無責任に褒めないで……」

　そう叫びたくなる衝動を、私はグッと堪えて、黙って俯いたままその場をやり過ごした。4月の半ば、高校に入ってすぐに受けた、新入生実力テストの結果をお母さんに見せた日のことだった。その日、私は「散歩してくる」と言って、スニーカーを履いて外に出た。それは積極的な理由によるものではなく、家にいたくない、でもこの街の15歳には他に行くところがないという、ただそれだけの消極的な理由によるものだった。その日を境に、高校3年生になった現在に至るまで、私は何かのタイミングで——それはおそらくお姉ちゃんがきっかけとなるものなのだろうが——こうして散歩に出るようになった。一年ほど前から、散歩には若干の積極的な理由が伴うこととなった。畦道の向こうに、私だけの小さな幸せを見つけたからだ。

「ハナちゃん」

　私が呼びかけるまでもなく、ジャラジャラジャラと重たそうなチェーンを揺らしながら近づいてきたのがハナちゃんだ。田んぼの真ん中にある、古い木造の平屋の庭のような場所で飼われている、茶色い雑種の犬。何歳かは分からないが、私でも軽々と抱き上げられる小さな体やツヤツヤとした毛並みを見ると、きっとまだ生まれて数年の子犬なのだろう。私は慣れた手つきで、黒く煤けた外壁にねじ込まれた真鍮のフックから散歩紐を取ると、ボロボロの首輪にナスカンで繋げる。ジャラ、とまた重い音を立ててチェーンが外れると、ハナちゃんはそれが嬉しいのか、あるいはこれから待ち受ける楽しい散歩の時間が嬉しいのか、とにかくしっぽを千切れそうなほどにブンブンと振り回すのだった。

ハナちゃんの飼い主は、米沢《よねざわ》さんというおばあちゃんだった。80代後半の、言い方は悪いが今にも死にそうなおばあちゃんで、足が悪いのか腰が悪いのか、とにかく彼女が移動するときは杖をついたり、手押し車をノロノロと押したりして、いかにも辛そうに歩いていた。そんな彼女が、明らかに頻繁な散歩を必要とする子犬を飼っているのは「犬好きだし、寂しいから」だと聞いた。事実、彼女はハナちゃん（これは私ではなく、米沢さんによる命名だ）を毎日のように撫でてやっていたし、ごはんも、私が見る限りはちゃんとあげているようだった。ただ、散歩にだけは連れていっていなかった。「私の腰がこんな状態だし、鎖がついてるけど、まぁそれなりに動き回れるでしょ」というのが彼女の主張だが、私がチェーンを外してあげたときの、その後散歩に連れていってあげたときのハナちゃんの、まるで笑顔のように口角を上げて舌を出し、弾むように歩く様子を見ると、ハナちゃんはもっともっとたくさん散歩に行きたいようだった。

息苦しさから逃れるために家から逃げ出したある日、私はハナちゃんと初めて出会った。そして、ハナちゃんを触っているうちに玄関から出てきた米沢さんに、私は「もしよければ、私に散歩させてくれませんか？」と提案し、それはすんなりと快諾されたのだった。

私とハナちゃんは、西へ西へと、お姉ちゃんのいる家からなるべく遠くへと歩いてゆく。ハナちゃんの爪がアスファルトに当たるたび、チャッチャと陽気な音がする。畦道は永遠に続くようだが、このあいだ地図を見たら、最終的にはゴルフ場の外縁の雑木林にあたって消えるらしい。物言わぬ生き物との時間にも、いつか終わりが訪れるのかもしれない。そして、その終わりが訪れるのはそう遠くないということを、私は頭では理解しつつ、心中では受け入れることを拒んでいた。私は今年の秋のうちに、指定校推薦で明治大学に進学することが決まっていた。つまり、来年の春には地元を離れ、上京することになっていたのだ。世間的に見れば、そりゃ悪くない進路だろう。ただ、幸せというのは、世間の平均値なんかではなく、身近な世界との相対評価で決まるものだ。

「ハナちゃん、2位じゃダメなんでしょうか？」

私の、家族の誰に対しても投げかけられなかった問いに対して、ハナちゃんは舌をハッハッと小刻みに揺らしながら、チラリと私のほうを見るだけだった。

何もかも、どうしたらいいのか分からないのだ。お姉ちゃんとの楽しい思い出だって、たくさんある。家族みんなで行ったＵＳＪ。スイミングスクールの帰りに一緒に食べたセブンティーンアイス。お父さんが運転する車の後部座席でのどうでもいい語らい……。一方で最近、お姉ちゃんのいる実家で、私は惨めったらしい感情にまみれて、どうにか息をして生きている。

心の中で相反する感情がぶつかりあって、血を流している。自ら生み出したこの矛盾を前にして、私はどう生きてゆけばいいのだろう？　その答えはいつまで経っても浮かばないままだったし、そうである以上、私はなるべく家から遠いところまで、二度と戻れないくらい遠くまで、ハナちゃんと永遠に歩いてゆきたいような気持ちになる。

＊＊＊

冬休みが明けた学校では、みんな数週間ぶりの再会を賑やかに喜び合っていた。

「マジで年越しライブ以外の時間はず～っと勉強してた！」

「初詣は無理やり連れてかれたけど、怖くておみくじ引けなかったよね～」

ただ、会話の端々や、それらが積み重なって形成される教室の空気には、明らかに緊張感がにじんでいた。あと二週間後にはセンター試験が、その後は私立の一般入試を控えているのだから当たり前だ。私の仲良しグループの美佳《みか》は名大を、千尋《ちひろ》は同志社をそれぞれ第一志望にしていたし、どちらも模試の結果は余裕のA判定という感じでもないようだったから、きっと彼女らは冬休みの間、誰かと違ってコタツで無為な時間を過ごすことはほとんどなかったのだろう。

その日は始業式とセンター試験当日に向けた過ごし方なんかのレクチャーがあって、午後からは自習になった。今日から自由登校ということらしく、塾や自宅で勉強したい人は学校に来なくていいし、「学校のほうが集中できる」という奇特な人は、自分のクラスや友達のいるクラスで自由に自習しても構わないということになった。美佳も千尋も、駅前の東進衛星予備校に行くそうで、お弁当を食べたら荷物をさっさと片付けてしまった。「マジだるすぎ」「ほんとにそれ」とボヤきつつ、きっとこれから一緒に塾へ向かうのだろう、横並びで自転車に乗る二人の後ろ姿は、やけに眩しく見えた。

「あ、あのっ。好美ちゃん、私のこと覚えてる？　中1のとき同じクラスだった……あっ、あと、実は私も、指定校で明治行くんだけどっ……」

次に会うのがいつになるかも分からない二人と、別れる手前の交差点で名残惜しく話していたら、自転車に跨った女の子が突然声をかけてきた。久々すぎて、一瞬名前を思い出せなかったが――上田《うえだ》さんだ。彼女とは小中高いずれも同じ学校だったが、同じクラスになったのは一度きりだったし、特に部活や交友関係が被ってもいなかった。そして何より、彼女と私はそれほど仲良くなかった。彼女のことが嫌いというわけではなく、ただただ、彼女のことが好きか嫌いか判定できるほど、私は彼女と接する機会がなかったのだ。そんな上田さんにいきなり話しかけられても、私はどんな話をすればいいものか分からないし、そして何より、今は美佳と千尋と話したかった。現に、二人はこの状況に困惑しているようだったし、大事な時期にある受験生たちを寒空の下に放置し続けることは忍びなかった。

「……覚えてるよ。でも、ごめんね。今はこの二人と話してるから」

私は素直にそう断って、上田さんが立ち去ってくれることを期待した。しかし彼女はまごまごと周りを見回し、そのまま立ち止まっていた。どうも、私が言った婉曲表現をそのまま受け取ったようで、彼女は私が二人と話し終わるのを待つつもりのようだった。

「上田さん。好美は人にあまり強く言えない性格だから代わりに言うけど、もう今日は帰って、ってことだからね？　話したいことがあるのかもしれないけど、先に話してたのは私たちだし、好美にも、いつ誰と話すかを決める権利があるから。分かった？」

戸惑う私の代わりに、やや強すぎるくらいの口調で上田さんにそう言ったのは美佳だった。普段は気さくで面倒見のいい性格だが、クラスの女子に男子がちょっかいを出したときなんかには、彼女が今のようにピシリと物申すのがいつものことだった。

「そ、そうなんだ。ごめんね、私、あんまり、こういうの得意じゃなくて」

ようやく私の思いが通じたのか、あるいは単に美佳の強硬な態度に腰が引けたのか、上田さんはものすごいスピードの立ち漕ぎでどこかへ去っていった。「ごめんね、いつも」と私が謝ると「別に好美は悪くないから！」と美佳は怒るように返してくるものだから、私は恐縮しきりだった。どうも、美佳と千尋はどちらも上田さんと同じクラスになったことが何度かあるらしい。

「私、上田さんのこと苦手。私だけじゃないと思うけど。ちょっと距離感がおかしいって言うか、自分の世界？　の押し付けがちょっと強すぎるって言うか……あの子、あんまり友達いないし、それに腐女子らしいよ。何か、変なブログ書いてるって聞くし」

苦々しい表情の千尋が、上田さんが去っていったほうを見ながら言う。ブログ、という単語を聞いて、私は瞼のあたりがピクリとしたが、平静を装ったまま二人と解散した。


その日も、家に自転車とバッグを置いたらすぐにハナちゃんのところへ歩いて向かい、リードを付けて散歩に行った。今頃、美佳と千尋は必死に机に食らいついているんだろうか？　3年前、受験を目前に控えた姉がそうだったように——そう思うと、急に胸がつんと痛くなった。

当初、第一志望は早稲田だった。別にほかの大学にはない唯一絶対の魅力をあの大学に見出したわけではなく、単に進路指導室の壁に貼ってあった河合塾の偏差値ランキングを眺めてみたら、私立では早稲田が一番偏差値が高いと知ったからという、それだけの理由だった。その隣には、国公立大学のランキングも貼ってあったが、そっちは見なかった。高1の時点で早くも数学に躓いた私にとって、国公立という選択肢は存在しなかったのだ。

嘘をついた。本当に行きたかったのは名大医学部だった。それは単純な理由によるもので、お姉ちゃんがそこに通っていたからだった。彼女の合格が判明したときの親族一同の喜びようは大変なものだったし、何よりお姉ちゃんと、彼女の苛烈な受験勉強を支えたお母さんが抱き合い、静かに涙を流している光景は、おそらくは永遠に消えてくれないくらいに、私の記憶に鮮明すぎるほどに刻み込まれてしまっている。

お母さんが私のために泣いてくれたことは一度もなかったと、そのとき気付いた。生まれつきの引っ込み思案な性格に加え、周りの顔色を窺いすぎて自分の意見を素直に言えないことが多かった。それはもしかすると、お姉ちゃんほどの価値のない自分が、せめて周りに迷惑をかけないようにという、自分に対する呪いみたいなもののせいだったのかもしれない。だから私は、お母さんを困らせたこともなかったし、一方でお母さんが泣いて喜ぶほどの成果を出したこともなかった。もちろん、お母さんが私を愛していないなんてことはないだろう。ただ、期待の大きさという点では、明らかに私よりもお姉ちゃんのほうが大きかったはずだ。学校だけでなく、習い事なんかもお姉ちゃんと同じものばかりやっていたが、あらゆる場で彼女は私よりもうまくやった。そして、それは大学受験という場でも同じだったし、そこで見せつけられた、それぞれが18年間積み上げてきた人生の点数の差みたいなものに、私の自尊心は完全に破壊されてしまったような気がする。

私は受験から逃げた。どれだけ青チャートを解いても数学はできるようにならず、それで名大医学部は諦めて早稲田を目指したはずだったのに、そっちはそっちで模試の結果はいつまで経ってもC判定かせいぜいB判定で、このまま頑張ったところで合格できるかは怪しかった。そんなとき、担任から明治の指定校推薦を受けないかと言われて、私はその話に飛びついてしまった。

つまり私は、自分で自分に期待することをやめてしまったのだ。そのうえ、それをお姉ちゃんやお母さんのせいにしてしまっていた。悪意なく私を上回り続ける姉と、仕方のない慈悲のようにそれでも私を肯定してくれる母——家という最も身近で、そして最も狭い世界の中で私は、非致死性の惨めったらしさを常に感じていたし、秋のうちに早々に進路が決まり、受験から一抜けしてしまったせいで、最近は学校でちょっとした孤独まで感じることになっていた。

《今日もつまんない一日でした。》

その一言と、あとはその日撮った一枚の適当な写真を載せるだけのブログを去年の11月から始めたのは、きっとそんな現実から目を逸らすためだったのだろう。アメブロなんかではなく、なるべく利用者の少ないマイナーなサービスを使っていたから、今となってはその詳細を思い出すことはできない。別に誰かに読まれるためでも、誰かと馴れ合うためでもないそのブログの閲覧数はほとんどゼロに等しかったし、たまに1とか2とかのアクセスがあっても、コメントがつくことはなかった。だから、そのブログはこの田舎町から、そしてこの狭い家から外に開かれた窓であると同時に、私のきわめて個人的な日記帳でもあるという倒錯性を有していた。

初期設定のままの適当な名前のそのブログに投稿された写真は、いずれもガラケーの貧弱なカメラで撮られたもので、そのまま私が見ている世界だった。美佳と千尋とクラスで食べたお弁当。自由登校のせいで誰もいない廊下。洗濯されてベランダに干されているアザラシのぬいぐるみ。ハナちゃん。ハナちゃんと歩く畦道。ハナちゃんが拾ったテニスボール。冬の夕暮れ。ハナちゃん。ハナちゃん……私の世界は次第に、私とハナちゃんだけのものになりつつあった。

あと2か月もすればこの街を去ると理解していながら、惜別の気持ちみたいなものも、あるいは東京に対する期待感みたいなものも、ほんの少しも湧かないことに驚いていた。私は別に、上京物語にありがちな田舎に対するコンプレックスも憎悪も特に持っていなかったし、何人かの仲のいい友達もいた。そして、18年過ごしたこの田舎町と対比されるべき東京に対して、そもそも解像度の高いイメージを持つことができていなかった。東京はせいぜいドラマやめざましテレビの中にしか存在しない世界で、この春からそこで生活し、おそらくはその後も東京の会社に就職して、転勤なんかもあるだろうが基本的にはそこで生活し続けるのだろうという事実に、私は確かな実感を持つことができていなかった。だから、私は地元から出ていくことに対しても、また東京で新しい生活を始めることに対しても、何ら特別な気持ちを持っていなかったのだ。

「ハナちゃん、東京ってどんなとこだと思う?」

ハナちゃんは言葉を知らないし、もちろん東京のことなんか知らないから、私の問いかけに対して、いつかそうしたように、チラリと私の顔を見ただけで、弾むように畦道を歩き続けることを止めなかった。ハナちゃんは最近、明らかに痩せてきている。元からほっそりとした子だったが、最近はあばらがうっすらと浮き出るまでになっていた。米沢さんは、ちゃんとハナちゃんを世話しているのだろうか？

「大丈夫大丈夫、そんなに簡単に死にゃせんよ」

その日、ハナちゃんを米沢さんちまで連れて戻ったとき、ちょうど玄関先で出くわした米沢さんは私の遠回しな質問に対して、そう言って明るく笑った。そこには、十分に世話をしていないことに対する罪悪感も、そもそも私から責められているという感覚すらも存在していないようだった。米沢さんは「お散歩連れて行ってもらえてよかったね〜」と、いかにも愛情たっぷりな様子でハナちゃんをワシワシと撫でていたし、ハナちゃんもまた、気持ちよさそうにそれを受け入れていた。どこか、私だけがその親密な関係から除け者にされているような感覚――私はなぜか、お姉ちゃんの合格発表の日のことを思い出していた。

＊＊＊

「お昼、ピザ食べに行かない？」と、お母さんはその日の朝、突然に言い出した。火曜日だったけど、自由登校だから私は学校に行く必要がないし、もちろん美佳や千尋は遊んでくれないし、お母さんによると「世界一になったピザのシェフがいるお店がバイパス沿いにできた」「土日は混んでてなかなか入れない」そうで、その誘いを断る理由も、あるいは他に優先すべき予定もなかったから、私は多少のおめかしをして車の助手席に乗り込んだ。

広い駐車場と、たくさんの客席がある大きなお店だった。開店直後だったこともあって私たちはすんなり席に案内されたが、大きな窓のおかげで明るい店内は、平日だというのにすぐに満席になった。母はマルゲリータを、私はビスマルクを頼んだ。

「お姉ちゃん、元気そうでよかったね。都会で一人暮らしだなんて、最初は不安で仕方なかったけど」

店員さんがガラスのピッチャーから注いでくれたアイスティーを一口飲んでから、お母さんはいつもの優しい口調で言う。いつだって、家族に対して優しい人だった。証券会社で忙しく働き、家を空けがちなお父さんの助けも借りずに二人の娘の面倒を見てくれた。去年の秋、私が指定校推薦を受けると決まったときも、実際に合格が決まったときも、お母さんはそれを自分のことのように喜んでくれた。お姉ちゃんのときと違って、その日お母さんが泣かなかったのは、別に私に対する愛情不足のせいなんかではなく、単に私が淡々と、お姉ちゃんほどの苦労なく進路を決め、その報告をしたときだって「学校に、合格の連絡来てたって」と、あまりにあっさりとお母さんに告げたせいだろう。

「ねぇ、何か合格のお祝いしようよ。欲しいものとか、行きたいところとかないの？　あんまりお金のかかることは無理だけど」

「お先にマルゲリータです」

お母さんが、おずおずと言い出したその言葉を言い切るのと、店員さんがピザを持ってきて、木製のテーブルに置かれた白い陶製のお皿がコトリと硬質な音を立てるのは、ほとんど同時だった。私は、「先食べなよ、冷めちゃうし」と促し、お母さんは「熱そう、持てるかな」と恐る恐る手を伸ばし、結局、ナイフとフォークを併用しながら黙々とピザを食べ始めた。じきにビスマルクもやってきたから、私もナイフとフォークを手に取った。向かい合う母と娘の食事会は、おそらくは母が期待していた明るく楽しいものではなく、明るく白々しい冬の日差しに照らし出された、静かで気まずいものになりつつあった。

さっき私がはぐらかしてしまったお母さんからの質問は、私にとって最も苦手なもののひとつだった。それは最近になって新しく生じた傾向ではなく、昔からずっとそうだった。お誕生日やクリスマスにその問いを投げかけられるたび、私の頭は回転を止め、顔がカッと熱くなるような感覚に襲われてきた。何かを無償で差し出されることへの罪悪感。それを図々しく受け取ることへの罪悪感。それらのせいで、貰ったものを素直に喜べないことへの罪悪感。何層にもなる罪悪感の積み重ねが、その質問の先に待っていることをいち早く予感し、まるっきり今日と同じように、なるべくそこから距離を取ってしまうのだった。お母さんは、娘のそんな心の防衛機制を知ってか知らずか、もうその日はお祝いの話を持ち出すことはなく、私は左手の人差し指と親指のあたりに目に見えないほどに微細なザラザラとした粉の存在を感じながら、お母さんの運転する車の窓の外を流れる景色を、黙って眺めていた。

《今日もつまんない一日でした。》

そして、その日の夜もまた、いつもの文面と一緒に、世界一とは思えない退屈な味のピザの写真をブログに載せたのだった。

＊＊＊

姉は相変わらず自室に籠って、あるいは時折、息抜きのつもりなのか居間のコタツに下りてきて、分厚いテキストと向き合っていた。「医学部って忙しいの?」と聞くと、「去年のほうが忙しかったし、来年からはもっと大変になる」と言っていた。よくよく思い返せば、姉はいつだって、体を壊すんじゃないかと心配になるくらい、あらゆる事項に対して真面目だった。勉強だけではなく、部活や生徒会活動に対しても。姉の優秀さを支えていたのは、生まれ持っての頭のつくりだけではなく、膨大な量の努力でもあったとすれば、私は姉に対してコンプレックスを抱える前に、まずは姉くらい努力してみようと思うべきだったのかもしれない。

姉が家にいるせいか、ハナちゃんと散歩に行く日が増えた。この愛すべき犬と過ごす日々も、そう多くは残されていない。私は時間を見つけては、ダウンジャケットを着こんで米沢さんの家に向かった。ハナちゃんはいつでも、私を見つけるとジャラジャラと鎖を鳴らしながら、ブンブンとしっぽを振ってくれた。

私がいなくなったあと、誰がハナちゃんを散歩させるんだろうか？　相変わらずというか、ハナちゃんは最近になってますます痩せてきたように見える。米沢さんに事情を話して、一時的に引き取るにしても、うちのマンションはペット禁止だし、犬を引き取って育ててくれる親族や知り合いも、パッとは思いつかない。それに何より、他ならぬ私自身が、あと2か月もすればこの街からいなくなるのだ。そんな無責任な立場で、あれこれハナちゃんのことに口を出すなんて、どうしてもできなかった。

そのうえ、米沢さんは明らかにハナちゃんを愛している。ただ、その愛が歪な形で行使されている。

「え、それ虐待じゃないの？」

「虐待って……」

お姉ちゃんが口にしたその単語の刺々しさに、私は面食らってしまった。あの問題をどう解決していいものか分からず、私は家族四人でダイニングテーブルを囲んでの夜ご飯のときに、ハナちゃんと米沢さんのことを遂に相談したのだった。確かに、飼い犬に十分な食事を与えず、散歩にも連れて行かず、それでいて外部の助けを求めることもなく、のうのうとハナちゃんを飼い続け、苦しめ続けているという点では、そうとも捉えられるのかもしれない。

「でも、米沢さんはハナちゃんのことを可愛がってるよ。散歩に連れて行けないのは、足が悪いせいだろうし。エサを十分にあげないのは、もしかすると経済的に苦しいのかもしれないし……」

そんなふうに米沢さんを擁護しながらも、私はお姉ちゃんと同じ意見を腹の底では持っていたのだろう。「ねぇ、どうにかならないかな」と、お母さんとお父さんのほうを見た。二人とも顔を曇らせたかと思うと、「実は、米沢さんの件は以前から問題になっていてね」とお父さんが切り出した。どうも、米沢さんは以前にも老犬を飼っていて、その犬は数年前に、世話が足りないせいなのか、あるいは老衰だったのか、とにかく亡くなったらしい。当時も同じような飼い方だったから、「散歩に連れて行ってないんじゃないか」「十分にエサをやってないんじゃないか」と近隣住民が市役所や保健所に相談したそうだが、当の米沢さんは「私が責任持って育ててますから」の一点張りで、そうなると役所の人もそれ以上の強い措置は取れなかったそうだ。

もし、ハナちゃんもそうなってしまったら？　居ても立っても居られなくなって、翌日、私は米沢さんを訪問することにした。「私も行く。ハナちゃん見てみたいし」とお姉ちゃんも言い出して、私は渋々それを承諾して、二人で出かけた。

「なに、大丈夫だって。最近の犬はむしろ太りすぎなんだから、ちょっとほっそりしてるくらいがちょうどいいんだよ」

米沢さんは、その日もそんな調子で私の質問を笑って躱した。いつもならそこで引き下がったかもしれないけど、今日の私は違った。もう、残り時間は少ないのだから。

「……散歩はどうするんですか？　今は私がやってますが、４月からはもうできなくなります。ハナちゃんが散歩が好きなの、知ってるでしょう？　それなのに、ずっと鎖で縛りつけておくつもりですか？」

　すると、米沢さんの様子が急変した。これまで見たこともないくらいに顔を赤らめ、握りこぶしをプルプルと震えさせ始めた。

「あんたねぇ、ちょっと黙ってたらこうも付け上がって。失礼なこと言ってるの分からないかい？　うちの飼い犬のことに口出すんだったら、あんたんちで引き取りなっ！　とにかく、あんたにはもううちの犬を散歩させないからね。二度と来ないで」

　杖を荒っぽく振り回しながらそう言われると、こちらとしては答えに窮してしまう。米沢さんの愛と同じくらい、あるいはそれ以上に、私のハナちゃんに対する愛だって理不尽なものかもしれない。自分で引き取って世話をするだけの覚悟もないくせに、かわいいから、かわいそうだからという だけの理由で、無責任に責任をたらい回ししようとしている。その事実を、私自身がよく理解してしまっているのだ。

「それで、好美はどうしたいの？」

　何もできず、トボトボと歩く帰り道。お姉ちゃんがそんな問いを投げかけてきた。

「……分からない。どうしたいかも、どうしたらいいかも、分からない」

ハナちゃんには、元気でいてほしい。でも、そのための正しい手段を私は思いつけない。そうである以上は、無責任な要求を誰かにぶつけることは、どうしてもできなかった。お姉ちゃんも何も言わなくなって、私たちは二人、黙って家まで帰った。

お姉ちゃんとお母さん、そしてハナちゃん。まもなく離れる地元に関して、私はいくつもの気が重い宿題を抱えてしまっていたが、その解決への道筋は今のところ見えていなかった。

＊＊＊

《いきなり失礼します。今更ですけど、これ、ラルバ・ディ・ナポリじゃないですか？　私も昨日行きましたが、おいしかったです！　地元民より》

そんなコメントが、いきなりブログに投稿されたことを私は翌朝知った。「ラルバ・ディ・ナポリ」は、いつかお母さんと行ったピザ屋さんの名前で、そのコメントがついた記事は、そこで食べたピザの写真を載せたものだったから、私は驚いたというよりも薄気味悪かった。このブログの存在は友達にも伝えていなかったし、写真こそ見る人が見ればこの街のものだということが分かるだろうが、テキストはいつも同じ《今日もつまんない一日でした。》とだけ書いていたから、例えばピザ屋さんの名前で検索したりしても引っかかることはないだろう。コメントの投稿主である「saki」は一体どうやって、このブログに辿り着いたのだろう？　深夜2時に投稿されたこのコメントに、私は返事を書くことができなかったし、新しいブログの投稿も一時的にやめてしまった。そして、それを察したかのように「saki」も新たなコメントを投稿することはなく、一時的な膠着状態が生まれていた。

だが、数日後、犯人は意外な形で明らかになった。

「ねぇ、隣座ってもいい？」

2月も半ばを過ぎ、他のみんなは国立の前期試験をまもなく迎える頃。指定校推薦で進路を決めた生徒たちだけが3年1組の教室に集められ、受験体験記を書けとか諸々の手続きをやれとか言われる、ちょっとしたガイダンスが始まる直前。声をかけてきたのは上田さんだった。

「……いいけど」と、私は努めて素っ気なく返す。クラスが同じだった頃も、彼女とあまり深く関わらなかったのは、彼女がいわゆるオタクっぽい女の子のグループに所属し、クラスの隅で妙な漫画を貸し借りして盛り上がっているのを見て「仲良くなれなそうだな」と反射的に思ったせいだった。別に、いわゆる腐女子に対して嫌悪感や蔑む気持ちはなかったけど、少なくとも私にはそういう趣味がなかったという、ただそれだけの話なのだ。上田さんは、別にスポーツをしているわけではないはずだが肌は妙に浅黒く、最近になって始めたらしい、地味な紺色のゴムで二つ結びにしたかわいらしい髪型は、残念ながら彼女の顔立ちにはあまり似合っていなかった。

ガイダンスは1時間ほどで終わり、15名ほどの推薦生はお昼前に解放された。もし美佳や千尋がいたら一緒にお昼を食べたかったけど、きっと彼女たちは駅前の塾にいるだろう。お母さんには「お昼は要るか要らないか分からない」とだけ言っておいたから、大人しく家に帰って、適当に焼きうどんでも作ってもらおうと考えながら、私はそそくさとプリントや筆箱をプーマのエナメルバッグにしまった。上田さんは、どういうわけか私のそんな様子をじっと見ていた。まるで、話しかけるチャンスを窺っているように。ただ、私はそれを察知しながらも撤収に向けた準備の手を止めず、職員室に寄って書類を一枚だけ出してから、自転車置き場へと向かった。

「ねぇ、好美ちゃん、この間、いきなりコメント書いちゃってごめん」

そして、どこか予感していたそんな言葉を、上田さんは自転車置き場でたどたどしくぶつけてきた。フルネームは確か、上田早紀だったとガイダンスの途中に思い出していたし、「saki」のブログを辿ってみたら、そこには腐女子たちの間で人気だという漫画の夢小説が書かれてあったから、まさか、と警戒していたのだった。

「……なんで分かったの」とだけ、私はまず返した。まず彼女とその行為にまつわる薄気味悪さを解消してからでないと、彼女とは話さないと決めていた。

「ごめんなさい！　直接はメアド交換したことなかったけど、ほら、友達がアド変のメール送ってきたとき、一斉送信した中に好美ちゃんの名前を見つけてね。それで、暇つぶしに色々検索してたら見つけちゃって……」

引き笑いみたいな息継ぎが随所に入る、変な話し方の要領を得ない長話を要約するに、彼女は不当な手段で私のアドレスを入手し、そのうちアットマークの前の文字列を検索したら、私のブログに辿り着いたということのようだった。確かに、初期設定のままの適当な名前でやっていたから、ブログのタイトルは彼女が検索したとおりの名前になっていたかもしれない。

「なんで、そんな気持ち悪いことしたの?」と、私は今度は、やや感情の乗った言葉を返した。そりゃ、気持ち悪いに決まってる。特に仲が良くもない同級生が、勝手に私のアドレスを見つけてアドレス帳に大事に大事に保存して、そのうえネットストーカー紛いの行為まで仕掛けてくるのだから。そこでようやく、上田さんは自分の置かれた状況に気付いたらしく、血の気の引いたような表情になった。まさか、「見つけてくれてありがとう! いい機会だから友達になろうよ」みたいなことを私が言うとでも思っていたのだろうか?

「……ごめんなさい、そんなに怒ってると思わなくて」

「怒ってるんじゃない。調べたら出てくるような、無防備なことをしたのは私も悪いけど、だからって『お前のこと知ってるぞ』みたいなコメント残したり、それを嬉しそうに報告してくるのは気持ち悪くない? って言ってるだけだよ」

案の定、上田さんは私がそこまで言ってようやく、彼女の行動に関して私が感じている問題点を理解したようだった。

「だって……嬉しかったんだもん。こんなクソ田舎で苦しんでるのは私だけだと思ってたから、初めて同じ苦しみを共有できる人が見つかったと思って！　好美ちゃんは違うの？　ブログ、全部遡って読んだよ。クソみたいな日常しか送れないこの街が、息苦しい実家が嫌いなんじゃないの？」

実家、という言葉を聞いた途端、私は変なスイッチが入ったように「違う！」と叫んでいた。上田さんが黙り込んでしまっている間に、私は二度ほど深呼吸をして、昂った感情をどうにか抑え込もうと試みた。

「上田さんがどうなのかは知らないけど、私は地元に友達もいるし、楽しく過ごしてる。家族とだってそうだよ。私はお母さんのことも、お姉ちゃんのことも……」

「でも、少なくとも、お姉ちゃんに対してはコンプレックスがあるんじゃないの？　知ってるよ、好美ちゃん、最初は名大医学部行くって言ってて、そのあと志望校を早稲田に落として、それで最終的には明治にしちゃったんでしょ？　そんなの絶対、お姉ちゃんにコンプ持つに決まってるし、きっとお母さんも、お姉ちゃんのことばかり依怙贔屓してるんでしょ？　ほら、私と同じじゃん！　ネガティブな気持ちの対象が違うだけで、似たような気持ちを持ってるわけじゃん！　なのに、なんでそうやって、私はあなたとは違うみたいなことを平然と言えるの？」

短い沈黙から抜け出した上田さんは、さっきの発言が私の図星を突いたという確信をきっと得たのだろう、いやに余裕に満ち溢れたニヤニヤ顔で、煽るように、畳み掛けるように続ける。

「せっかく、春から一緒の大学行くわけだしさ。仲良くしようよ。こんなクソ田舎捨てて、一緒に東京を楽しもうよ。私たち、いい友達になれるし、東京で新しい人生をスタートできるよ、きっと！」

もう限界だった。あまりに私の本心を言い当てられ続けて、心が限界まで苦しくなったわけではない。これ以上、私という人間を、その世界を決めつけられ続けることに耐えられなくなったのだ。

「私、上田さんのこと苦手。私だけじゃないと思うけど。ちょっと距離感がおかしいって言うか、自分の世界？　の押し付けがちょっと強すぎるって言うか……」

いつか千尋が言っていたことを、私はそのとき思い出していた。彼女は、世界のすべてを分かりやすいストーリーに、それも彼女の世界の中に先行して存在するストーリーに無理やり当て嵌めて、乱暴に理解しようとする人間なのだ。

「違う」と、それでも私は、既に勝ち誇ったような顔の彼女に対し、どうにか声を絞り出す。

「私は、あなたみたいな単純な世界に生きてない」

きっと、私と上田さんは永遠に分かりあえない。現に彼女は、私の言葉を受けてキョトンとした顔になり、次に何を言えば私を屈服させられるのか、その道筋が分からなくなってしまったようだった。実に彼女らしい反応だろう。世の中には敵か味方しかいなくて、敵は悪くない頭で論破すればいいと思っている。でも、違う。確かに私の世界には、もちろん好きな人も、嫌いな人もいる。しかし世界は、それだけの単純明快なものである必要はないんじゃないだろうか？　曖昧さや矛盾がそこにあってもいいんじゃないだろうか？

「ごめん。私、あなたのこと嫌いだから、もう話したくない。友達にもならない」

これまで記憶にないほどに、直截的な物言いを自分がしたことに、自分自身も驚いていた。しかし、タガが外れたように、私の体の中から、これまで言いたいけど言えなかった本音が、まるで洪水のようにあふれ出てきた。

「確かに、私はお姉ちゃんにコンプレックスを持ってる。どれだけ頑張っても、お姉ちゃんみたいには永遠になれないって、薄々分かってる。でも、私とお姉ちゃんとの間に存在するものは、勝ち負けだけじゃない。お母さんとだってそうだよ。幸せな思い出だって、いっぱいある。好きだけど嫌いだし、嫌いだし好き。それじゃダメ？」

今度は上田さんが黙る番だった。彼女はまだ諦めていないようで、その沈黙をどうにか破って「でも私は、家族とうまくやれてない……」という、ほとんど聞こえないくらいの小さな声を発したが、私はそれを制するように続ける。

「上田さんがもし、私が持っているものを持っていないんだとしたら、それは悲しいことだと思う。でも、それは上田さんの世界だよ。あなたの世界で、私の世界を決めつけないで」

そこまで言うと、私はどういうわけか涙が出そうになってきて、相変わらず黙ったままの上田さんを置いて自転車で走り出した。息がしづらいほどに冷たい日陰から日向へと、私は飛び出した。

「好美は好美で、いいところがたくさんあるんだから」

私の頭の中では、お母さんのあの言葉がわんわんと響いていた。上田さんとの、決して愉快ではない会話を通じて、しかし私は確かに、私だけの世界の薄っすらとした輪郭を発見することができた。地元を去るまで、18年間育ててもらったあの家を出るまで、あと1か月と少し。その間に、私は私だけの世界の中でその答えを見つけようと、バクバク弾む心臓に突き動かされるように決意したのだった。

＊＊＊

「何だい、また文句を言うつもり？　無駄だし迷惑だよ、全く。忙しいんだから、今すぐ帰っとくれよ！」

学校からそのまま自転車でやってきた私に、米沢さんは以前の強硬な態度を崩さないどころか、更に警戒を強めたようだった。しかし、今日の私は、この間の私とは違う。

「……米沢さん。無責任を承知で言います。ハナちゃんを、もっと大事にしてあげてください。

もし、十分に世話ができないと言うんだったら、愛護団体の助けを借りるなりしてくれませんか？　このままだと、ハナちゃんがかわいそうです。もう見過ごせません」

　自転車を降り、スタンドを静かに蹴り上げながら、私はなるべく感情を抑えた口ぶりで言う。いつもとは様子の違うそんな私の手を、しかしハナちゃんはいつものように呑気に舐めたりしていた。相変わらず、あばらは痛々しいくらいに浮き上がっている。激高した様子の米沢さんが、唾を撒き散らしながら叫ぶように言う。

「自分でも分かってるじゃないか、無責任だって。そうだよ、あんたが言うことは無責任！　私のことを責める資格なんて……」

「ないです。でも言わせてください。私、もうやめたんです。自分の中の矛盾とか、周りからの目線とか、そういうものに怯えて、言いたいことを言わないのは、もうやめたんです。だから言います、ハナちゃんをこれ以上不幸にするつもりなら、せめて他の人に譲ってくださいっ！」

　私の反論が終わるか終わらないかという瞬間、米沢さんが杖を放り投げ、空いた両手で私の肩に摑みかかろうとした。しかし、私は米沢さんの手を機敏に避け、パッと目に付いた壁のリードを手に取り、慣れた手つきでハナちゃんの首輪に取り付けた。そして私は、鎖から自由になったハナちゃんと一緒に、走り出した。どういうわけか米沢さんは、さっきまでついていた杖を手に取ることはなく、ものすごい速度で走り始めた。これまで、私の前でわざとらしく杖をついたり、手押し車を押したりしていたのは、もしかすると私に散歩をさせるための演技だったのだろうか？　とにかく、米沢さんは陸上部の短距離走の選手みたいにブンブンと腕を振りながら追いかけてきて、私とハナちゃんは必死で逃げた。

ただ、そこには不思議な爽やかさがあった。ハナちゃんはこれを愉快な追いかけっこ遊びか何かだと思っているのだろうし、私は息を勢いよく吐き出し、冬の冷たく澄んだ空気を肺に満たすたび、まるで少しずつ、新しい自分になれるような感覚があった。私は今、とんでもないワガママのために走っている！　相手の顔色なんて窺わず、理屈の整合性なんて考えず、とにかく私のありのままの望みが実現することを、まったく無責任に祈りながら走っている。

お母さん。お祝い、何にしてもらうか決まったよ。ハナちゃんが幸せに暮らせるように、うちで一時的に預かるなり、誰か助けてくれる人を見つけるなりしてほしい。可能な限り、私も手伝うから。

お姉ちゃん。やっぱり、あなたと向き合うとき、私はどうしても惨めな気持ちが湧いてくるのを止められない。でも、それでもお姉ちゃんのことが好き。ワガママだけど、許してほしい。きっと、ずっと好きだから。

「ヂグショー！」と叫び声を上げて、どうやら米沢さんが何かに躓き、ヨタヨタと体勢を崩したかと思うと、じきに転んだ。実際には頑丈な人だろうから、きっと骨とかは大丈夫だろう。私とハナちゃんは、まだ遠くに走れる。走りながら、私は顔をしかめ、中指を突き立て、ガラケーの内カメラで自撮りをする。この中指の意味は、退屈な田舎や、自分の気持ちを理解してくれない家族に向けたものではない。私自身に、今日これまでの私自身に向けたものだった。その意味は、私だけが知っていればいい。

《今日もつまんない一日でした。》
その日も私は、興奮のうちにブログを更新した。あの写真を一緒に載せて。見たければ見ればいい。決めつけて誤解するならすればいい。私の滅茶苦茶な世界は、滅茶苦茶なまま持って行く。これは宣戦布告だ。世界に開いた日記帳で、私は世界に中指を立てた。

＊＊＊

いきなりのＤＭ、失礼します。
写真と投稿を拝見して、驚きました。信じてもらえるか分かりませんが、あの制服の女の子、私なんです。

私はそれほどネットに詳しくないので、あの画像が10年以上経った今でもネットで出回っているとは知らなかったのです。（無責任に広めた人には、思い当たる節があります……）

ただ、ハナちゃんが元気に暮らしていること、大変嬉しく思います。

母が保護犬活動をしている団体に繋いでくれたところまでは聞いていたのですが、その後は連絡が途絶えていて……ずっと心配していたんです。

もしよければ、撫でに行ってもいいでしょうか？　ハナちゃん、私のこと覚えてるかな？

２０２３年８月４日　13：17

「ハナちゃん」

幡ヶ谷の低層マンションの、西向きの大きな窓のある部屋の夕暮れ。ハナちゃんは好美さんのほうへヨタヨタと歩いて近付いたかと思うと、恐る恐る差し出された彼女の右手をペロリと舐めた。好美さんは、お涙頂戴の動物番組みたいにハナちゃんの名前を叫びながら泣き崩れることはなく、ハナちゃんもまた、衰えを忘れたかのように跳ね回ることはなく、鮮烈なオレンジ色の光が容赦なく差し込む部屋で、ひとりと一匹は、顔や体のあちこちにくっきりとした影の断片を纏いながら、静かに見つめ合い、時折体を触れ合わせていた。


「今思えば、完全に若気の至りですよ、あんなブログ。大学に進学して数年が経ったころ、暇つぶしにまとめサイトを見ていたら、あの画像が出てきて、血の気が引きました。制服のせいで学校までは特定されたけど、顔が写っていなかったおかげで私の名前が出ることは今のところないようで、それだけは幸いでした」

ダイニングテーブルで、私が出した水出しのアイスコーヒーを飲みながら好美さんが苦笑する。いつもは私の足元でそうしているように、ハナちゃんは好美さんの足元で腹ばいになって眠っている。決して派手には見えなかったあの再会のセレモニーも、老犬にとっては大仕事だったのかもしれない。それを察してか、好美さんは座ったまま体を無理に屈め、「疲れちゃったね、ごめんね」と言いながら、またハナちゃんを優しく撫でる。

それから私は、好美さんとハナちゃんの物語を聞かせてもらった。地元のこと。お姉ちゃんとお母さんのこと。上田さんと米沢さんのこと。ブログのこと。そして近況のこと。大学進学を機に上京した彼女は、そのまま東京で就職し、今でも飯田橋の通信系の会社で働いているのだという。保護犬活動をしている団体をいくつか経て、最終的に我が家にやってきたハナちゃんの過去にまつわる空白が、好美さんのおかげでひとつ埋まった。そこには小さな不幸が含まれていたけど、こうして私が愛する存在をかつて愛した人がいて、その人がこうして、私の目の前でハナちゃんを愛おしそうに撫でてくれている——ハナちゃんは人間の言葉が喋れないし、私にハナちゃんの気持ちを推察する力はないけど、ハナちゃんはきっと今、死ぬほど幸せなんじゃないだろうか？

「私には分かりません。ハナちゃん、もう私のことなんて忘れちゃってるかもしれないし、ずっと会いに来なかったこと、ちょっと恨んでるかも。でも、それでいいんです。分からないことは、分からないままにしておいてもいいと、今でも思うから」

好美さんは、感情の読めない表情でポツリと呟く。その口調はどこか寂しげでもあった。

「……好美さんが会いに来てくれて、ハナちゃんは嬉しいと思います。自分勝手な決めつけかもしれないけど、私は何だか、そんな気がします」

私が呑気な口調で素直な感想を漏らすと、好美さんは「そうですね、そうだと嬉しいです」と笑ってくれた。

1時間ほどして、好美さんは「もし差し支えなければ、また遊びに来させてください」と言い残して帰っていった。そうしてまた、部屋には私とハナちゃんだけの時間が戻った。ハナちゃんは相変わらず、好美さんが座っていたダイニングチェアの足元あたりに寝そべって、静かに寝息を立てている。ハナちゃんの過去が分かったところで、ハナちゃんとお喋りができるようになるわけでもない。たとえハナちゃんが突然に言葉を喋り始めたとしても、それが本心かどうか見分ける術を私は持たないかもしれない。現に、好美さんがどんな気持ちでハナちゃんを撫でていたのか、本当にまた遊びに来てくれるつもりなのか、私には最後まで分からないままだ。

当時書いていたブログは全部消したそうだが、ひとたび出回ったネットミームが消えることはなく、そうである以上、あの画像はきっと、見る人の世界の形に応じて、好き勝手に解釈されてゆくのだろう。好美さんのハナちゃんに対する感情だって同じかもしれない。もちろんそこには再会の喜びが多分に含まれるんだろうけど、一方で悲しみへの予感みたいなものも混じっているのかもしれない。ハナちゃんは、今のところ大きな病気はないけど、もうあと何年生きられるか分からない。あの画像の中のハナちゃんと比べると、ツヤツヤと光っていた毛並みはすっかり色が抜け、飛び跳ねるように走る元気は失われた。もしかすると、好美さんは思い出の中にいるハナちゃんを、あの頃のままにしておきたかったかもしれない。でも——

「ハナちゃん、好美さんが来てくれて嬉しかった?」

そう訊いたとき、ハナちゃんは気だるそうに顔を持ち上げると、そのまま私のほうをじっと見つめた。私はそれを「うん」という返事だと勝手に解釈した。世界は分からないことばかりで、私たちはいつも不安を抱えている。その解消のために、私たちは誰かのことを決めつけ、そして傷付けたりもする。でも、決めつけることは不幸しか生まない、ということはないと思う。好美さんとの幸せな思い出が、ごはんの時間やトイレの場所を忘れつつあるハナちゃんの頭の中に、小さなひとかけらだったとしても、確かに存在すると、私は祈るように決めつける。だからこそ私は、その美しいかけらが少しでも長くハナちゃんの中に存在し続けられるよう、この子のことを最期の瞬間まで大事に愛し続けようと思う。

#いにしえーしょんず

柿原朋哉

柿原朋哉

（かきはら　ともや）

1994年兵庫県洲本市生まれ。立命館大学を中退し、映像制作会社「株式会社ハクシ」を設立。また、二人組YouTuber「パオパオチャンネル」のぶんけいとして活動したのち、2022年、『匿名』で小説家デビュー。

ツイッターがXになった。

かれこれ十年以上の付き合いになる慣れ親しんだその名前が、あっけなく消えた。

アプリのアイコンが小鳥からXの文字に変わったのを見て、あまりの無慈悲さに心が痛んだ。

特別、その小鳥が好きだったわけではない。ツイッターという名称を好んでいたわけでもない。それらは、私のスマホ画面に配置された無数のアプリのひとつに過ぎなかったはずだ。

それなのに悲しかった。

もし自分が、ツイッターという名称を考えたり、小鳥をデザインした人間だったとしたら、その悲しみ（あるいは怒り）が生まれることは自然だと思う。でも私は単なるユーザーだ。ツイッターを改革したイーロン・マスクに文句を言う権利はない。

黒く染められた「ツイッター」のアイコンを力なくタップすると、タイムラインにいたフォロワーたちも得体の知れない悲しみに暮れていた。それを見て、私だけじゃないんだなと安堵する。

私はこの安心感に、幾度となく救われてきた。

連載休止が発表されたときも――。

連載の移籍が決まったときも――。

アニメ化が決定して新規ファンが大量発生したときも――。

このタイムラインにいるフォロワーたちと苦悩を分かち合い、共鳴し、あの漫画をずっと愛してきた。誰よりも深く理解しようと作品を読み込み、そこから得たインスピレーションを惜しみなく注ぎ込んで二次創作絵を描き、それを一万人のフォロワーたちに披露した。

私にとってここは、決して誰にも侵されたくない聖域なのだ。

若々しい草木がどこまでも果てしなく生い茂り、清らかな水質の川が美しい音色を奏でるように流れ、青い小鳥たちがさえずりあっている――。

そんな安住の地に、人工的な黒い雲が覆いかぶさったことを私はやっぱり許せない。

と、いった具合に、今日も心の声が止まらない。

無論、「心の声」と書いてモノローグと読む。「聖なる剣《エクスカリバー》」みたいに、ルビが振られている。

ヲタク、とくに「古《いにしえ》のヲタク」である私はセルフモノローグを脳内で繰り広げる。漫画・アニメ・ライトノベルの主人公たちが当然のようにやるそれを、自身も体験したくなってしまう。ときに感情的に、ときに客観的に。まるで自分が主人公であるかのように。

――人工的な黒い雲が覆いかぶさったことを私はやっぱり許せない。

このモノローグは少々やりすぎだ。

厨二病臭さが充満している。

まあ実際、私がヲタクになったのは中一の頃だったし、当時からそういった表現を好んでしまう傾向があるのは否めない。でも御年二十六歳である。すこしは自重すべきだ。

「……田さん」

遠くから女の声が聞こえる。

「羽田《はねだ》さん」

誰かが、私の名前を呼んでいる。

「羽田さん」

自分だけの世界に没入していたことに気付き、意識が現実に引き戻された。

「休憩中ごめんなさいなんですけど、キッチン戻れませんか？」

目の前に立っていた彼女は、つややかな肌にうっすら汗を滲ませていた。バイトの同僚、成《なり》田杏子《たきようこ》だ。眉をハの字にして、縋るような目つきで私を見ている。いつかCMで見た、上目遣いでこちらを見つめるチワワのような放っておけなさがあった。

「いいですよ。すぐ行きますね」

そう告げると、彼女は表情を明るくした。

「ありがとうございます！　なんか、ふれあい広場でヒーローショーがあるらしくて、いまになって混みはじめちゃって……助かります！」

私が勤めるファストフード店は、ショッピングモールのフードコート内にある。ふれあい広場というのは、ショッピングモールの中心部にある催事場のことだ。休日はヒーローショーやアイドルのフリーライブ、大道芸人のパフォーマンスで賑わっている。私が敬愛してやまない漫画家先生のトークショーでも催される日にはバイトを無断欠勤してでも参加する所存だが、私がここで働くようになった三年間、そのようなイベントは一度も開催されていない。

休憩時にだけ羽織るグレーのカーディガンを脱いで、キッチンに戻った。

「羽田さんが戻ってくれなかったら詰んでました」

突然のピークタイムをやり過ごした成田杏子が疲労交じりの息を吐いた。

私は、いつの間にか指紋の付いた丸メガネをハンカチで拭いた。

「よかったです。今日のヒーローショー、集客すごいんですね」

「ですね。宮園稜《みやぞのりよう》っていう若手俳優が主演なんですけど、いますごいバズってるんです」

宮園稜。聞いたことのない名前だった。

一つの趣味に没頭していると、そのほかの界隈に疎くなる。

「え、でもヒーローショーだからその俳優は来ないですよね？」

冷静に返す私を見て、成田杏子は笑った。

「たしかに。でも、間接的に宮園稜の空気を感じ取る力がヲタクにはありますから」

「あー」

私もそういう経験あります。と危うく言いそうになって、咄嗟《とっさ》に口を閉じた。

私がヲタクであることを彼女には明かしていないのである。

理由はただひとつ。

成田杏子と私は、絶対にわかり合えないからだ。


店の締め作業が終わって帰路についた。

ここから家までは、分割払いで買ったタントに乗って二十分、飛ばせば十五分だ。

エンジンをかけると、ボイスドラマCDの音源が再生された。運転中に『バイブル』を摂取する方法はこれしかなく、ほぼ毎日のように車内で聴いているため、いまや暗唱できるレベルに達している。

私が愛してやまない『バイブル』は『バイバイブルータス』という漫画の略称だ。略称といっても公式が認めている呼び名ではなく、ファンがそう呼んでいるに過ぎない。

私が『バイブル』に出会ったのは高校生の頃だから、もう十年前になる。

中学生で深夜アニメにどっぷりハマった私は、下校するやいなや過去の名作を見漁る毎日を過ごしていた。レンタルビデオ店のアニメ棚を端から端まで借りたのではないかと思うほどの作品数を、たった一年あまりで見尽くした。新クールがはじまると全番組を録画していた私は次第に、のちにアニメ化するであろう漫画を自分で見つけたいと思うようになった。レンタルビデオ店のつぎは書店に足繁く通うようになり、漫画雑誌を読み漁った。そうして、アニメ化予想を何度も的中させた。連載時代からこの作品の良さを見抜いていた、という優越感があった。

そして高校生になった私は、ついに『バイブル』と出会う。

「何故、ぼくは戦っているのか――」というキャッチコピーがつけられた『バイブル』のざっくりとしたあらすじはこうだ。

すべての記憶と引き換えに、人知を超える高ＩＱを手に入れた主人公・ブルータス。

彼は、世界征服を目論む四つの勢力に頭脳で立ち向かう。

ところが、いったい何のために戦っているのか、彼は覚えていない――。

高度な頭脳戦が繰り広げられるバトルアクションでありながら、主人公の過去が次第に解き明かされていくミステリでもある。作者の黒岩《くろいわ》ガク先生が描く少年たちは儚げで美しく、腐女子や腐男子（ボーイズラブ作品への嗜好がある人）のファンも多い。私は腐女子ではないが『バイブル』の世界観に魅了され、原作漫画はもちろん、グッズや雑誌の切り抜きを収集するようになった。月々のお小遣いのほとんどを『バイブル』に捧げた。

その愛は収集だけに留まらず、二次創作絵を描くようにもなった。

愛の深さゆえか、絵のクオリティはみるみるうちに向上した。

そしてつい先週、絵師として活動しているツイッターのフォロワーが一万人を超えた。

私はこの十年間、食事、睡眠、学業、仕事以外の時間すべてを、愛する『バイブル』に費やした。

もちろん恋愛などしていない。する暇もない。強いて言うならば、『バイブル』の主人公であるブルータスに恋をしている。知的で、冷静に物事を判断しながらも、ときに人情深さが浮き彫りになるブルータスの姿に、私は恋い焦がれている。こんな人が現実にいたらいいのに、と何度思ったことだろう。やはり、男は二次元に限る。

「君がいないと、この世界は終わる！」

車内にブルータスの声が響き渡る。

私も。私もそう思うわ、ブルータス。

あなたがいないと、この世界は終わる。

ブルータスが私に向かって手を差し伸べるシーンを妄想して、ひとりきりの車内でニヤニヤしているとトンネルに差し掛かった。周囲の光が一気にシャットアウトされる。

フロントガラスに映ったニヤけ顔の自分と目があって、一瞬で真顔になった。

「おかえり」

帰宅すると、リビングから母の声が聞こえてきた。なにか食べながらテレビでも見ているのだろう。もごもごと、くぐもった声だった。

長時間勤務で疲れ果てている私は、母に届くかどうか怪しい声量で「ただいま」と返した。

バイトから帰ると、まず風呂に入る。

ファストフード店独特の油のにおいが全身に染み込んでいるからだ。このまま夕食を摂ることも、自室に入ることも躊躇《ためら》われる。

入浴を済ませ部屋着姿になったあと、母が用意してくれていた夕食を摂る。

父と母は、リビングのソファで晩酌をして寛いでいた。かなり仕上がった様子だ。

「この貝柱、なかなかイケるわね」

「だろ？　信用できる筋から教えてもらったんだ」

さすがお父さん、と母が父を煽《おだ》て、父は満足気に笑っている。

私は両親の喧嘩を一度も見たことがない。まるで付き合いたてのカップルみたいにアツアツで、却って私の居心地が悪いくらいだ。黙々とハヤシライスを口に運んだ。

「ええ！　お父さん見てこれ。街コン参加者募集だって」

アルコールで上機嫌になった母が、テレビを指さした。街コンに興味があったわけではないが、二人の様子が気になって、私も視界の端でテレビを捉えた。そこにはお見合い番組の一般参加者を募集している旨が記載されていた。

「ほお。なるほどな……」

画面を見ていたはずの両親が静かに目を合わせた瞬間、嫌な予感がして、私は急いでハヤシライスに視線を戻した。

私の左側面に熱い視線が注がれているのを肌で感じる。

やばい。いつものやつが、くる。

口の中にまだ咀嚼《そしゃく》物が残っていたが、いま話しかけられても困りますよと言わんばかりにもう一口、掻き込んだ。

そんな時間稼ぎも虚しく、母は「ねえ瑞姫《みずき》」と私を呼んだ。

聞こえていないかのようにそっぽを向いていた私に、母は、

「見てこれ」

「これ。ほら。テレビ」

と追撃を仕掛けてきた。

さすがに無視を続けるわけにもいかず、私は泣く泣くテレビに目をやった。そこに表示されているものが何なのか、私はすでに知っているのに。

「今度、うちの市で街コンやるみたい」

このあと母が何を言いたがっているのか、即座に想像できた。ちいさく息を吸った母が、つ

ぎの言葉を吐き出すタイミングに合わせて、私は心の声を重ねた。

「そろそろ良い人、見つけないとね」

（そろそろ良い人、見つけないとね）

私と母の言葉がぴったり重なったのを確認して、やっぱりな……と落胆する。

「そうだな」と母に加勢した父の声が、鋭利な刃物となって心臓に刺さる。

二十六歳、独身、フリーター、実家暮らし、男っ気なし。

そんな私の身を案ずる両親が、一切の悪意なしに提言する。

自分でもわかっている。いまの自分の状況が、両親にとってどの程度の不安要素になり得るのか。自分たちがこの世を去ったあと、愛娘が孤独になってしまうのではないかという親心が、親になったことのない私にもわかる。いま私が孤独だと思っているのか、はたまた、いつか孤独だと感じるのか否かに関係なく、世話を焼こうと努めるのだ。それも、一〇〇％の、善意で。

街コンに参加する気など微塵もない私だったが、彼らの良心を逆撫でするのはむしろ逆効果だと知っているので「まあね」と曖昧な相槌を打った。

翌日、朝からシフトに入って昼のピークを終えた私は、休憩室にいた。

そこにいる私以外の四人のバイトメンバーたちは、仲睦まじそうに談笑していた。いつもと変わらず、会話の中心にいるのは成田杏子だ。

「ライブいいなあ。成田さんって強運よね」

「本当に。この前も良席当たってたし」

「私にもその運分けてほしいくらい」

主婦の飯島《いいじま》さん、大学生の三俣《みまた》くん、フリーターの古坂《こさか》さんが口々に言った。みんなに囲まれた成田杏子はどこか誇らしげな照れ笑いを浮かべていた。

「こんなに美人で強運だなんて羨ましいわ」

「しかも色んなことに詳しくて、話も面白いし」

この狭い休憩室では、聞き耳を立てなくても会話が筒抜けだ。かといって、会話に入っていない私が堂々と聞くのも忍びないので、手元のスマホに意識を向けようとする。

「いやいや、ただヲタクなだけですよ」

謙遜する成田杏子の言葉が引っ掛かって、ちらりと目線をやってしまう。

「アニメとアイドル……のことしか知らないですから」

飯島さんたちは恐縮する成田杏子の姿を見て、さらに表情を綻ばせた。いくら煽てても図に乗らない彼女が、可愛くて可愛くて仕方がないのだ。

成田杏子は「ヲタク」という言葉を日常生活で、しかも自分のことを指して言えてしまう。ヲタク文化がいまよりもアングラで、陰湿な意味を含んでいた時代に育った「古のヲタク」である私は、成田杏子の振る舞いに違和感を覚える。ヲタク度合いをカミングアウトする行為が、自分をより良く見せるためのファッション的な意図があるように思えてしまう。「ヲタクなのに、社交的なんです」「ヲタクなのに、可愛いんです」とでも言いたげだ。自分の存在をより輝かせるための踏み台として、下位の存在であるヲタクを利用しているように映るのである。

しかも、アニメだけならまだわかるが、アイドルのヲタクでもあると言うのだ。

はたしてそれは「ヲタク」なのだろうか。

どちらの分野にも浅い愛だけで接している、ただのライトファンだ。ヲタクではない。

しばしば自分はヲタクだと語る成田杏子を、私は好きになれない。

「あ、そうだ」

主婦の飯島さんがなにかを思い出したらしい。

「この間話してたアニメあるじゃない。ほら、あの。タイトルなんだっけ」

ど忘れの多い飯島さんはいつも、記憶を呼び起こしたいときに人差し指でこめかみを押す。

「ほら……あれよ……カタカナ四文字のやつ」

「『バイブル』ですか？」

成田杏子の口から『バイブル』の話が出て、私は思わず身体を捻った。端に座っていた学生の三俣くんと目があった。その三俣くんの視線を追いかけるように、全員が私のほうを振り返った。

「どうかしました？」

不思議そうな表情をした三俣くんが私に尋ねた。

「あ……いえ」

私は咄嗟に首を横に振った。一瞬だけ変な間が生まれたが、何もなかったかのように会話が再開された。

「そうそう。『バイブル』ね。うちの息子が大ハマりしてるやつ」

「すごく面白いですよ。私も毎週欠かさず観てます」

もちろん私も毎週観ている。そして、原作を読んでいる。

しかし成田杏子は違う。観てしかいない。

アニメ版しか観ていない人が世の中に多く存在することは理解している。が、私が許せないのはそこではない。原作を読んでいないにもかかわらずヲタクぶる行為が癇に障るのだ。

私たち「古のヲタク」が培ってきたヲタク文化を、我が物顔で占拠し、コミュニケーションを図るためのツールとして利用する魂胆が許せない。

ボーカロイドヲタクであるネット上の知人が似たようなことを言っていた。

「変な声」と一般人から避けられていた初音ミクを、ネットの住人たちはこよなく愛した。曲をつくる者、絵を描く者、動画をつくる者、何度も繰り返し聴く者。陽の当たらないところで皆が大切に育て、守り抜いてきたボカロという文化は、いつしか紅白歌合戦に出演するまでに成長した。

ヲタクたちは歓喜した。自分たちが育てた初音ミクが、あの紅白に出ている。こんなに幸せなことはない。

「俺たちが、ミクを育てた」

そう喜んだはずなのに、気がつけば「にわかヲタク」が増えていた。昔の曲を知ろうともせず、お作法を平気で破る、決してわかり合えないファン。そういう人に限って、声を大にして言うのだ。

「私はヲタクだ」と。

土曜日、事件は起きた。

今週末はふれあい広場での催しがなかったので、昼と夜のピーク時を除いてフードコートは閑散としていた。窓際の席に長居する客が数組いるくらいだった。

またしても成田杏子と休憩時間が被り、私と彼女だけが休憩室にいた。

「これから面接あるから、よろしくね」

アクリル板の向こう側から、店長が私たちに声をかけた。休憩室は二つに区切られていて、向こう側は社員専用のスペースとなっている。本部との連絡や事務作業、電話対応のために社員が使っている。

「了解です」

「はい、わかりました」

よろしくねとは言われたものの、私たちバイトが何かをする必要はない。志望者の出入りがあるから、それなりにおとなしく頼むよという意味である。店長に言われなくとも、私と成田杏子が賑やかにおしゃべりすることはないのだが。

店長が「来た、来た」と言って、従業員通路のほうへ出ていった。

店長が出ていったことを確認した成田杏子が囁いた。

「どんな人でしょうね」

この店は大学や高校から距離があるため、学生バイトが少ない。大量消費を前提としたファストフード店は存外、重い荷物を運ぶことが多いので、若い労働力が来てくれたらいいなと私はひそかに願った。あるいは、目の保養となる美少年か。

「店長のことだから、美女なら即採用にするでしょうね」

「私はイケメンがいいな。寿命が延びる」

成田杏子の言う「寿命が延びる」は、近年のヲタク用語だ。推しの尊さを感じたときに、「助かる」とか「白米何杯でもいける」とか「寿命が延びる」と言うのだ。

私のような古のヲタクは、「墓を建てた」り、「召され」たり、「吐血した」りしてきた。

古のヲタクは基本的にネガティブな人が多いのか、感情が昂ぶった際に「死」へと向かおうとする。一方で、新しいヲタク――令和のヲタクは「生」へ向かおうとするのだ。その思想には、陽キャ・陰キャくらいの差がある。

社会学的に見れば興味深いちがいであろうが、古のヲタク当事者からしてみると、令和のヲタクはおめでたいなと思う。それは、賑やかで楽しそうですねという皮肉でもあり、私もそんなふうに「生」を求めて生きたいという羨望でもあった。

どんな人が来るのだろうと雑談をしていると、店長が戻ってきた。

「狭いところですが、どうぞ中へ」

成田杏子の期待交じりの視線が、休憩室の入り口に注がれていた。彼女はイケメンの参画を望んでいるのだ。私の恋愛対象は完全に二次元なので美少年を期待するというのはほとんど冗談だが、アイドルヲタクを公言する成田杏子は本気《マジ》の可能性がある。

店長の陰に隠された志望者の姿が、すこしずつ見えてきた。

細長く伸びた脚。

まっすぐ芯の通った姿勢。色白で血管が浮き出た手。

白と黒のコーディネートに引き立てられた蛍光グリーンのバッグ。地毛っぽいナチュラルな色合いのパーマ。小さな顔に配置された、ハイライトたっぷりの大きな瞳。上がった口角から覗く、きれいに並んだ歯列――。

私は驚愕した。

三次元に、美少年が現れたのだ。

彼から発される強烈なまばゆさに、私は思わず、墓を建てた。


美少年・風間空《かざまそら》は無事、採用された。

そして、私は彼の研修トレーナーに任命された。

数日を共に過ごすうちに、わかったことがあった。風間くんは東京出身で、大学進学のためにこの県にやってきたらしい。いまは三年生。二年間バイトしていた居酒屋の縦社会っぷりに疲弊して辞め、代わりとなる仕事を探していたそうだ。彼はかなりインテリであり、どんな作業も丁寧にやる。几帳面すぎる一面もあるが、その価値観を他者に押し付けることはなく、コミュニケーションをしていて心地よい。

丁寧で、知的で、愛情深くて——ブルータスみたいだった。

私は、ブルータスの影を風間くんに重ねるようになっていた。

「あ、俺が持ちますよ」

「えっ」

突然、背後から聞こえた風間くんの声に驚いていると、彼はショートニングが入ったアルミ缶を軽々と私から奪った。私だけ特別扱いされているみたいで、身体の底からふつふつと興奮が湧き上がってくる。と同時に、彼の骨ばった華奢な手を汚してはならない、という庇護欲も掻き立てられた。

アルミ缶を抱えた風間くんは遠慮する私を安心させるために、「筋トレになるんで」と、はにかんだ。

風間くんがこの店に来てから、出勤が楽しみになった。

車内で流れるボイスドラマを聴いているときも、風間くんの姿が脳裏に浮かぶことがあった。ブルータスを風間くんに重ねていたはずなのに、ときどき、風間くんをブルータスに重ねてしまっていた。

スタッフルームの扉を開くと、私服姿の風間くんがいた。喜びを抑えることができず、無表情がちな私の頬が緩んだ。

「おはようございます！」

彼はレモンの香りを放つような爽やかさで笑っていた。

彼に挨拶を返そうとしたとき、私の背後から、

「風間くん、おはよう！」

と成田杏子が現れた。「あ、羽田さんも、おはようございます」と事務的に言ってから、彼女は風間くんに向かって歩きだした。

「この前話してたやつ、持ってきたよ」

「え！　本当ですか」

成田杏子は持っていた紙袋を漁り、一冊の本を取り出した。

「じゃーん」

「うわっ、すげえ」

風間くんはその本に飛びついた。

私は表紙を見た瞬間に、その本がなにであるのか理解した。

『バイブル』の一巻だった。

「本当に初版じゃないですか……激レアですね」

風間くんは巻末を確認し、驚嘆の声をあげた。

初版……？

成田杏子が……？

彼女が『バイブル』の一巻、しかも初版を所持しているという違和感が、私の脳内でじわじわと肥大化する。この私ですら、一巻は二刷のものしか持っていない。

そんなわけがない。成田杏子が初版を持っているはずがない。きっとなにかの間違いだ。あるいは、風間くんの気を引くために裏工作をしたにちがいない。

「インスタに載せてもいいですか？」

「いいよ。インスタ教えてよ」

困惑する私の眼前で、二人は仲睦まじそうに談笑している。

あり得ない。ライトファンの成田杏子が初版を持っているはずがない。

「羽田さんも読んでみますか？」

彼女は振り返り、私に向かって微笑んでみせた。それは「風間くんは私がいただきますね」という宣戦布告、あるいは勝利宣言に見えた。

私だって『バイブル』の漫画や、グッズ、雑誌の切り抜きを大量に所持している。そのことを彼に話しさえすれば、多少なりとも興味を持ってもらえるはずだ。二次創作絵だって描いている。絵が上手いと自分で豪語するのは気が引けるが、一万人のフォロワーがいる絵師アカウントの存在がそのクオリティを保証してくれると言っていいだろう。

それでも、初版の持つパワーの前では無力だ。『バイブル』は初期からヒットしていたわけではなく次第にファンを増やしていった作品なので、序盤の初版はかなり少ないはずだ。私がヲタクをカミングアウトしたところで、成田杏子の持つ初版に勝ることはない。そもそもなぜ「勝ろう」としているのかもわからない。どうしよう。私は混乱状態に陥っていた。

動揺したまま、どうにか昼のピークタイムをやり過ごし休憩に入った。

休憩室にいると息が詰まりそうなので、カーディガンを羽織ってフードコートに出た。うちの店の向かいにあるうどんチェーン店で食券を購入して、呼び出しベルと交換した。なるべく人目の届かない、隅の席に腰を下ろした。

頭の中は、成田杏子が初版を持っていたことへの驚きと嫉妬でいっぱいだった。

彼女はどうやってあれを手に入れたのだろう。

もともと所持していたわけではないはずだ。主婦の飯島さんたちと『バイブル』の話をしていたときも、アニメのことばかり話していた。

私はスマホを取り出してフリマアプリを開いた。

一巻の初版を検索してみると、四件ヒットした。

それらの価格が四〇〇〇円ほどだったことに、私は拍子抜けした。てっきり、もっと高額だと思っていた。定価が約五〇〇円だから、その八倍、と考えるとべつに安くはないのだけれど、貴重な初版にはさらなる付加価値があるはずだと想像していた。

心配になってほかの人気漫画の一巻の初版を検索してみると、本の状態にもよるが一〇〇〇円台のものも出てきた。

なるほど。これなら買える。

成田杏子は中古で買ったのだ。

おそらく、風間くんと『バイブル』の話題で盛り上がったときに、彼の気を引く目的で「うちに初版があるよ」とでも言い、そのあとで買ったのだ。

これなら私にも買える。この際、どうせなら初版を持っておきたい気持ちもある。それがコレクション欲からくるものなのか、ただ成田杏子に張り合っているだけなのかを判別するのは自分でも難しかった。

せっかくなら買っておこうと購入ボタンを押しかけたところで私は思いとどまった。

待てよ。どうせ買うのなら、成田杏子を超えたい。

私は一縷の望みに縋ってオークションサイトを開き、あるワードを打ち込んだ。

検索結果：一件

成田杏子の初版を余裕で凌駕する「それ」がここにはあった。

高揚した――私の勝ちだ。

これさえ手に入れれば、風間くんはかつてない眩しい笑顔を私に見せてくれるだろう。これを手にした暁には、ヲタクであることを彼にだけは伝えようと心に決めた。優しい彼ならきっと、なぜ私がいままでヲタクであることを隠してきたのか、正しく適切に理解してくれるにちがいない。

そんな覚悟を胸に、私は画面を見つめた。

［バイバイブルータス　第一巻（初版）　著者サイン本　美品］

残り時間：十日＋四時間

このオークションに競り勝って、必ず手に入れてみせる。

心臓が大きく脈打ち、身体中に振動が伝播《でんぱ》するのがわかった。ドクン。ドクン。ドクン。その速度はみるみるうちに加速し、音の間隔が狭まっていく。そのときだった。

ピピピピ、ピピピピ、ピピピピ――。

成田杏子との開戦を告げるかのように、呼び出しベルが鳴った。

現在の価格は五〇〇〇円。オークションの終了日は十日後だ。クレジットカードで決済すればすぐにお金が必要になることはない。翌月の支払いまでに資金を用意すればいい。

今日は夕方に勤務を終えたので、ゆっくり過ごす時間があった。

途中で止まっていた『バイブル』の二次創作絵の最終仕上げを済ませ、「ツイッター」に投稿した。

ほどなくして、いいねの数が増加しはじめた。私はこの数字の上昇を見守る時間が好きだった。世界のどこかにいる誰かが、リアルタイムで私の絵を見てワンタップしているのだと思うと、ヲタク活動は孤独なんかじゃないと実感できる。素性を知らなくとも、私の絵に込められた癖《へき》に共感し、必要としてくれる人がたしかに存在している。

自分で語るのは烏滸《おこ》がましいが、私の絵は青年のなかに秘められた美を最大限抽出し、描画したものである。少年から大人になるに連れ失われゆく瑞々しさを、青年のなかから見つけ出して提示しようと意識していた。それは可愛らしさだったり、儚さだったり、ときに弱さだったりする。屈強な男性よりは、中性的な魅力を持つ男性を好む傾向があった。それが私の癖《へき》――個性的なルビを振るならば「癖《フエティシズム》」だ。

フォロワーのなかに、かねてより気になるアカウントがあった。

彼女（性別は不明だが、アイコンの淡い水色が可愛らしいので便宜上そう呼称する）は、私が投稿する度に気の利いた感想リプライを送ってくれる。私がこだわった箇所を見抜き、褒めてほしい部分を褒め、詩的な表現で絵の世界観を拡張するのだ。その文章を読むたびモチベーションが高まり、もっと良い絵を描きたいと思わされる。

彼女のハンドルネームは「サミダレ」。

ちなみに、私のハンドルネームは「望月《もちづき》ツキ」だ。

今日もサミダレ氏からの感想リプライを心待ちにしていた私は、彼女のアカウントを覗きに行った。最後の投稿は四日前。閲覧や返信をメインとしたアカウントらしく、素性に迫るような発信は見当たらない。いいね欄を確認しても、『バイブル』の二次創作絵か、アダルト要素が控えめなＢＬ絵ばかりだった。おそらく彼女は腐女子なのだろう。

結局、その夜はサミダレ氏からの感想が届くことはなかった。

じっとしていられないほど彼女のリプライが待ち遠しかった。

買い置きしておいたアイスでも食べようと思い立ち、両親のいるリビングへと向かった。

こういうとき、私はできる限り気配を消すことに努めている。両親が嫌いなわけではないが、二人の熱々ぶりを見ていると、自分が孤立しているように感じられて居心地が悪いのである。

足を床につけるときも、ドアを開けるときも、最小限の音量しか出さぬよう全身に力を入れた。

ドラマを見ながら晩酌している両親の背後を静かに通り、冷凍庫を開けると、お目当てのアイスは大量の豚バラ肉の下敷きになっていた。冷凍庫に入っているものはすべて固いため、音を立てずに取り出すのは困難を極める。

より一層、意識を集中させて豚バラ肉を静かに動かした。

カサッ……ゴトッ……。

そのとき、偶然にもドラマの劇伴が停止され、静寂なシーンが訪れた。両親は画面に引っ張られるように前のめっていた。

はやく。終われ。つぎのシーンに行け。

そう願う私の姿勢はあまりに滑稽だったにちがいない。スクワットの途中のような中腰で、両手に豚バラ肉を持ち、顔だけは両親の背中を見ている。豚バラ肉の冷気が指先に移り、痛みを伴いはじめた。

はやく。お願い。

ドラマはそのままキスシーンへと突入した。親子三人のリビングに唇の破裂音が響き渡る。

それを見た父は下品な笑みを浮かべてから、母の唇に向かって顔を近づけた――そのときだった。

父の視線が私の姿を捉えた。

「あ」

「あ」

やり場のない気まずい空気が流れた。

それをどうにか払拭しようと、間抜けな体勢の私はなぜか、無意味な会釈をした。


翌朝、きょうのバイトは午後からなので、久しぶりに薄い本探しの旅に出た。

いまだに、サミダレ氏からのリプライは届いていなかった。心配であると同時に、はやくあなたの言葉で私の心を満たしてほしいという我儘な欲に苛まれた。

私の住む町の栄えたエリアまで車を走らせると、同人誌を取り扱っているアニメショップが三軒ある。それらの店では古本やグッズの買取から販売まで行っている。ヲタクにとって無くてはならない存在である。

同志たちが蔓延《はびこ》る店内を闊歩して、お目当ての同人誌コーナーに辿り着いた。

同人誌はどれも薄いため、背表紙なるものがほぼ無い。棚にみっちり詰められたそれらをひとつひとつ丁寧に取り出して、表紙を確認して回る。原作絵に忠実に寄せた絵柄のもの、オリジナリティを発揮したもの、絵は安定していないが熱意が感じられるもの——いろんなタイプの同人誌が同じ棚に並んでいる。平等に。公平に。

私はこの雰囲気が好きだ。

二次創作の世界には優劣が存在しない。原作のもとに集った全員が、等しく、特別な力を持たず、自由な発言権を与えられるべきである。原作こそが絶対神であり、秩序そのものだ。

棚を見ていると、それを肌で感じることができる。

気になった同人誌が五冊あったが、サイン本入手のために資金を取っておくべきだと判断し、どうしても気になった一冊だけを購入した。

そこからまた車を走らせ、バイト先へと向かった。さっき購入した本は、もちろん車内に残しておく。

サイン本について調べた結果、わかったことがあった。

一巻刊行時に一度だけサイン会が開催されたらしく、抽選で選ばれた百名のみが参加できたらしい。つまり、著者の黒岩ガク先生がプライベートでつくったサイン本を除けば、公式のサイン本は百冊しか存在していないことになる。

オークションサイトを調べていると、過去にも同様のサイン本が落札された履歴があった。

落札額は十五万円。漫画本としてはかなりの高額であった。

しかもそれ以降『バイブル』はアニメ化されたので、当時よりも価値が釣り上がっていることが予想される。少なくとも二十万円くらいは準備しなくてはならないだろう。

バイト先に到着するや否や、店長に頼み込んでシフトを増やしてもらった。これで安心して希望入札額を提示できる。まずは一万円で参加しておいた。

今日は風間くんがいない。悲しさと安堵の狭間に私はいた。成田杏子と彼の会話を見なくて済むという安堵だ。

「おはようございます」

キッチンに入ると、成田杏子が声をかけてきた。うちの店ではどの時間にシフトに入ろうと、挨拶はおはようございますと定められている。私も挨拶を返した。

「今日は風間くんがいなくて寂しいですよね」

赤子が拗《す》ねるような表情を成田杏子は見せた。私はその言葉にどう返すべきか悩んだ。

「スタッフ少ないですもんね今日」

たしかに寂しいが、それは風間くんがいないからではなく、従業員が少ないからであるという趣旨を込めた。

私の返答がどうであれ、この話がしたかったというような素振りで成田杏子が口を開いた。

「彼、宮園稜に似てませんか?」

宮園稜……誰だっけ。

最近どこかで聞いたような気が。

私は頭を捻った。

「ほら、この前話したじゃないですか。いまバズってる若手俳優」

「あー。ふれあい広場でやってたヒーローショーの」

「それですそれ。似てません？」

と、言われましても、私見たことないですし。

しかも成田さん、宮園稜に興味なさそうでしたよね？

直接ぶつけたい言葉たちを、心の中だけで響かせた。

「ほら、これとか特に似てます」

彼女がこっそりキッチンに持ち込んだらしいスマホの画面を私に見せた。

正直、ちょっと似ているなと思った。くりくりした目元と、大きく上がった口角が風間くんに重なる。

「あー、まあー。似てると言われれば似てるかも」

そもそも風間くんの顔をそこまで細かく見ていないのでわからないですね、といったニュアンスを含んだ相槌をした。本当は隅々まで盗み見しているのに。

「ですよね！　やっぱり超似てますよね」

そこまでは言っていないですけど、と言いたくなる気持ちをぐっと堪《こら》える。

「成田さん、宮園稜お好きなんですか？」

この前話したときは、他人事のように聞こえましたけど。

「あっ、はい。最近ＳＮＳで見かけることが多くて、ちょっとずつ好きになってきたんですよ。在宅ヲタクやってます」

ほー。なるほど。

随分、軽率にヲタクになられるのですね。私とはちがいますね。

やはり、彼女のようにヲタクを公言するタイプとは相容《あいい》れないなと再認識した。

最近好きになった宮園稜に風間くんが似ていたのか、風間くんに似ていたから宮園稜に興味を持ったのか、私は訝《いぶか》った。

おそらく後者なのではないかと思う。最初に宮園稜の名前が出たときはそんな兆候は感じられなかった。

まったく興味を持っていなかった芸能人が、ある日突然、夢の中に出てくることがある。夢の中で親密にお喋りをしたり、性的な関係を持ったりする。夢を見て以降、その芸能人のことが気になって仕方がない——という話をしばしば耳にする（私の場合は二次元のキャラクターなのだが）。

それと同じような現象が、彼女の中で起きたのではないか。

成田杏子はまったく興味を抱いていなかった若手俳優・宮園稜に似た風間くんと出会った。風間くんと交流をしていくうちに、宮園稜が身近な存在であるかのように錯覚しはじめた。私は宮園稜のことが好きなのかもしれない、そういう自己暗示に彼女はかかった。

つまり彼女は、宮園稜ではなく本当は風間くんが好きなのだ。


終業後、店長が新しいシフト表を渡してくれた。

増えた時間×時給を計算してみると約十万円だった。

少ない貯金から一部捻出するとしても、あと五〜十万円は欲しい。なにかしらの方法でお金をつくるしかない。

今日の夕飯は豚キムチが用意されていた。いつもどおり晩酌を楽しむ両親を横目に黙々と食べていると、母がおもむろに立ち上がった。

「締切そろそろだったんじゃないかしら」

母はリビングの壁に貼られたカレンダーを指でなぞった。

「あ、やっぱり」

「覚えてたのか。さすが母さん」

「褒めてもなにもでませんよ」

「なんだ。じゃあ褒めなきゃよかった」

父と母は二人のお決まりのやりとりで笑った。笑い声がリビングに充満したのも束の間、母がこちらを振り返った。

「街コンの応募。明日までよ」

そう言われましても。参加する気などない。

適当に流しておけば母はすぐに忘れるだろうと踏んでいたけれど、わざわざカレンダーにメモをしておく周到っぷりだった。どうやら本気で参加させたいらしい。

私は必死に言い訳を考えた。

「来月忙しくなりそうだから、面接受けたりできないかもしれない」

実際、シフトを増やしているのだし嘘ではない。だが、この理由だけだと母はどうにかこうにか押し通そうとしてくる気がした。母の感情を落ち着かせる先手を打っておく必要がある。

「ごめんね、お母さん」

本当は参加したいんだけどね……といった困り顔を浮かべた。なかなか良策である。

けれど、腑に落ちない感情が私のなかで湧き起こった。

なぜ私は謝っているのだろう。

なぜ謝らなければならないのだろう。

たとえ街コンに参加するとしても、それは母でなく私の意思であるべきで、それは私のための参加であるべきで、母のための婚活ではない。私の結婚は私のためにあるべきだ。それなのに、私はなぜ謝っているのか。なぜ謝らなければならない状況に追い込まれているのか。

おかしい。間違っている。

「でもねえ。瑞姫はもう二十六歳でしょう？」

母が、父に目配せする。

「そろそろねえ？」

父はしずかに頷いた。

そろそろ、というのは母世代の感覚であって、私たち世代のものではない。

彼らが辿ってきた道を、私に追従させる権利は父にも母にもない。

いままで我慢してきたはずだったのに、堪えられなくなった。私の人生に口出ししないではしい。そう言いたかった。けれど両親を傷つけたくはない。どうしよう。どう言えば、黙っていてもらえるだろう。

そのとき、苦肉の策が閃いた。

「実はね、好きな人がいるの」

父は驚いて腰を浮かせた。母は啞然とした口元を手で押さえた。

もちろん本気で言ったわけではない。風間くんと付き合いたいとか、そういうことを考えてはいない。私にとっての目の保養であり、ブルータスの幻影を感じられる唯一の三次元男性なだけだ。やましいことなど、たぶん、考えていない。

そこからは質問攻めに遭った。

どんな人なの？　どこで出会ったの？　いま何歳？　名前は？

娘の恋愛話が聞けて喜びを隠せない両親の傍らで、私はひどく後悔した。

残り時間：三十分

サイン本オークションの決着がつく日がやってきた。

軍資金は（まだ入金されていないバイト代も含めて）三十万円を用意した。

サイン本戦争に挑む前に、シフトを増やしても足りなかった十万円を私がどのようにして生み出したのかを語る必要がある。

両親から質問攻めを受けたあの日、私は自室に戻ったあと、短期間で稼ぐ方法がないか考えていた。いくら考えてもよいアイデアが浮かばず困っていたとき、スマホが鳴った。「ツイッター」の通知だった。

その通知がサミダレ氏からのリプライであることに、私はたまらなく興奮した。すぐさまタップして文章に目を通した。

『今回も素晴らしいイラストをありがとうございます。望月さんの描かれた絵を拝見していると心が浄化されます。勝手ながら今回のイラストは、ブルータスの内面に秘められた弱さにスポットライトが当てられたのではないかと想像しました。』

『いつもは勇敢に敵に立ち向かうブルータスですが、作中で明確に描かれている箇所（四巻、十五巻など）以外にも自身の弱さを感じることがあるはずです。望月さんはそんな彼の不安や恐怖心を抽出し、美しい一枚のイラストを描いてくださいました。』

『私はあなたの絵に出会ってから『バイブル』のファンになりました。黒岩先生が描くブルータスよりも先に、望月さんのブルータスに惚れたのです。望月さんの描いた絵を部屋に飾りたいくらい大好きです。今後のイラストも楽しみに、陰ながら応援しております。』

その言葉たちは、百四十文字の制約を超えるために三つの投稿に分割されていた。

ああ、この喜びをなんと表現すべきだろう。

サミダレ氏の言葉はまるでジャムを煮詰めるような優しい手つきで、じんわりと私の心を解きほぐした。

絵を描いていて、ヲタクをやっていて、よかったと思える瞬間だった。彼女の言葉を拾い零さぬよう何度も読み返し、反芻した。

そうしているとき、ある文章に意識が向いた。

――望月さんの描いた絵を部屋に飾りたいくらい大好きです。

私の絵を、部屋に、飾る。

……そうか！　その手があった。

絵を描いて販売すれば、サイン本の軍資金を蓄えることができる。グッズを制作するサイトはいろいろと充実しているから、そういったサービスを利用すれば初期費用もかからない。絵を描き、アップロードするだけで、キャンバスボードやマグカップ、トートバッグのような多様なアイテムを販売することができるではないか。

とはいっても、オリジナルの絵をうまく描く自信はなかった。これまでブルータスの絵ばかり描いてきたのだ。突然、練習もなしに売り物になる絵を描ける気がしない。

それに、オリジナルの絵が売れるとは思えない。私はこれまでずっとブルータスを描いて活動してきた。フォロワーたちもブルータスの絵を楽しみに待ってくれているのだ。ほとんどのフォロワーたちは私ではなく、ブルータスに興味があるだけだ。

では、いっそ、ブルータスの絵を描くのはどうだろう。

描くことはまだしも、商用目的で販売するのはご法度だ。同人誌の場合はほぼ原価で販売されていたり、赤字の自費出版をしているからこそ黙認されている節がある。だから、やめておくべきだ。

と言っている善良な自分と、「そんなことを言っている余裕はないだろう」と言いたそうにしている邪心にまみれた自分が、あのときの私のなかに共存していた。

そして――。

私は、ブルータスの絵を売った。

悪魔に魂を売って、オークションの参加権を勝ち取ったのだ。

ヲタクとして、『バイブル』のファンとして、こんなことをしてはならないとわかっていたけれど、刻一刻と迫るカウントダウンに逆らうことができなかった。一度だけ。今回だけだから。どうか私を許してください……。そう願った。

サイン本の価格は十五万円にまで釣り上がっていた。最高額入札者は私。ＩＤを確認したところライバルは四人いた。

残り時間、三分。

いつ入札額が更新されてしまってもいいように、五秒間隔でブラウザを更新した。

残り時間、二分。入札額が二十万円に上書きされた。

迷っている暇もなく、私は二十一万円を提示する。

相手もひるんだ様子を見せず、すぐさま二十二万円へと釣り上がる。

二十三万円。二十四万円。二十五万円――。

残り時間が一分になった、そのときだった。

最高入札額：三十万円

私は絶句した。最後の最後になって、競争相手は五万円も上乗せしてきたのだ。私を精神的に追い込もうとしているにちがいない。

マウスに置いた手が震えていた。タントを分割払いで購入したときもかなりの覚悟をしたものだが、漫画本一冊に三十万円以上を払おうとしている自分が恐ろしくなった。

でも。買うしかない。

残り時間、十秒。

急げ。急げ、急げ。これを逃したら、もう手に入らないかもしれないのだ。急げ。

入札額を打ち込み、急いでエンターキーを押した。

……。

更新中の真っ白の画面。読み込みのマークがくるくると回転している。

…………。

パッと、モニタの中央に文字が表示された。

【おめでとうございます！　あなたが落札者です！】

間一髪、私は戦いに勝った。


落札から三日後、想像以上に大きいサイズのダンボールが届いた。漫画本は簡易包装でも郵送できるが、超お宝商品ということもあり厳重に梱包してくれたようだった。

梱包材を丁寧に剝がすと、中からサイン本が姿を現した。

透明の保護カバーに守られた、黒岩先生のサインがそこにあった。

かつて経験したことのない高揚が、花火大会のフィナーレのような猛烈さで湧き上がったのを感じた。

はやく風間くんに見せたい。

そして自分もヲタクであると、彼にだけカミングアウトしたい。

とめどない欲求のやり場に困り、一時的な措置として「ツイッター」に写真を載せることにした。もちろん、オークションで買ったという経緯は伏せて。

アプリを開くと、ちょうど作者の黒岩先生が文章を投稿していた。そこに書かれていた言葉に、私は絶句した。

こんなことを言っても仕方がないのは十分理解していますが、すこしでも抑止力になればと思い、ここに記しておきます。サイン本を売買するのはやめてください。作者としては、とても悲しいのです。

……私のせいだ。私がサイン本を買ったから、黒岩先生が悲しんでいる。どうしよう。このタイミングで写真を載せるなんて以ての外だ。

私は「真のヲタク」になどなれていなかった。むしろその逆だ。風間くんと親しくなりたいという目的のために作品を利用した――呆れるほど愚かなヲタクだ。

茫然自失となった私を追い込むように、視界におかしなものが映った。

「ツイッター」の通知欄に「99＋」と表示されている。

悪寒が走った。すうっと血の気が引いていく。

恐る恐る画面をタップすると、大量のリプライが表示された。私の知らないアカウントの数々。画面を埋め尽くす批判の声。絵文字や顔文字といった陽気な装飾が排除された、冷酷で辛辣な言葉たち。謝れ。ふざけるな。最低。ゴミ。消えろ。犯罪者。死ね――。

目先の金欲しさに『バイブル』を無断で商用利用した私は、黒岩先生ファンの怒りのはけ口として、漫画好き、サブカルチャー愛好家から非難を浴びた。

すべてに目を通すことなど到底できない速度で、新たな言葉たちが次々と私に向かって投げられる。私はそれらをうまく受け止めることも、避けることもできず、この身体に突き刺さるのを呆然と見ているとこしかできなかった。

すべて自分が蒔いた種だ。私の心がずたずたになっていても、妙な納得感があった。仕方ないよな。悪いのは私だもの。ダメだと知った上で、私欲を満たすためにやったんだもの。たとえ相手がストレス発散のために私を攻撃しているのだとしても、咎めようとは思わない。はい、私がやりました。そう素直に自供する。開き直りではなく、事実を認める。

このアカウントに絵を載せることもできなくなるかもしれない。それどころか、交流のあったフォロワーたちと談笑することすらできなくなるかもしれない。悲しいな。苦しいな。でも、ぜんぶ私のせいだな。

せっかく手に入れたサイン本を眺める気力さえ起きず、私は途方に暮れた。

「外の空気でも吸いに行こう」と、ひとりごちた。

夕陽に染められた町並みが、眩しかった。

太陽が傾き全体的に暗くなっているのに、ところどころで強烈なオレンジの光を反射しているせいか、コントラストがはっきりとして日中よりも眩しい。砂浜で発光するウミホタルや、舞台のスポットライトのような局所的な明かりはなんだか、特別な時間のなかにいる気分にさせてくれた。

私は行く当てもないまま、しばらく歩き続けた。いつもは車で走るだけの地元の道を、この足で踏みしめた。ヲタクになりたての頃は、下校中に漫画を読みながらよく歩いたものだ。我が家に近づいてもまだ読み続けていたくて――その世界から出たくなくて――しばしば回り道をしていたものだ。自分の愛する作品を一〇〇％の純度で堪能していたものだ。しがらみも、打算も、遠慮も、建前もない、自分だけの世界にいたものだ。

いつからこんなふうになってしまったのだろう。

いつから、なりたくなかったはずの「大人」になってしまったのだろう。

ヲタクという嗜《たしな》みは、誰にも邪魔されず、誰にも気を遣わない、自分だけのためのもうひとつの世界だったはずなのに。いつから、この世界に他人を出入りさせ、他の目的のために利用するような、ただの土地に成り下がってしまったのだろう。昔みたいに、私だけのものでよかったのに。

「……田さん」

遠くから声が聞こえた気がした。

「羽田さん」

私の名前を誰かが呼んでいた。

「羽田さん」

誰かが私の右肩をぽんと叩いた。私はふと我に返って、背後を振り返った。

そこには成田杏子がいた。そしてその隣には、風間くんがいた。

「やっぱり羽田さんだ」

成田杏子の首元でオレンジの光が反射している。

どうして……。どうして二人が一緒に……。

どうして二人で町を歩いているの……。

どれだけ考えを巡らせようと、嫌な想像が頭から離れてくれない。

「これからアイドルのライブを観に行くんです」

困惑する私を諭すように風間くんが言った。

「チケット余らせて困ってたら、興味あるって言ってくれて」

本当は最初からその気だったであろう成田杏子は、悪びれる様子もなく言い訳した。

アニメを好きになったり、アイドルを好きになったり、俳優を好きになったり、風間くんを好きになったり、なんとおめでたいことだろう。そんな浮わついた愛情で、よくも「ヲタク」を名乗れたものだ。休日に風間くんとデートをしている成田杏子への嫉妬心が燃料となって、体内で怒りが燃え広がっていく。

「そうですか。本当に多趣味ですね」

ちくりと刺すような物言いで私は微笑んだ。

一瞬、怪訝な表情を浮かべた成田杏子はすぐに取り繕う。

「いやあ。まあ。根がヲタクなもので……」

だからその言葉を使うな。お前はヲタクなんかじゃない。ただのミーハーだ。

私は苛立ちを隠す余裕を失いはじめた。風間くんが不安そうにこちらを見ている。

「はあ……」

蓄えきれなくなった怒りが空気の塊となって、勢いよく放出された。

「そういうのヲタクって言わないと思いますけど、普通」

ぴしゃりと言ってみせた。

成田杏子の顔が完全に引《ひ》き攣《つ》った。風間くんは私と彼女の顔色を交互に窺っている。

「でも……」

「あの。私、用があるので。失礼します」

私は足早にその場から離れた。呆然と立ち尽くす成田杏子を置き去りにして。

ずっと喉につっかえていた異物が取れたような、極上の爽快感だった。


帰宅したのは、日が沈んですっかり暗くなったころだった。

父は会社の飲み会があるらしく、母がひとりで食事をしていた。

食欲がないから夕飯はいらないと私が言うと、そういうときこそ食べなきゃと母が立ち上がっておかずを温めはじめた。私は渋々、食卓についた。

「なんかあったの？」

空気を重くしないよう軽いトーンで母が尋ねた。

「べつに何にもないよ」

私は母と目を合わせず、白米を口に運んだ。

「何かあったことくらいわかるわよ」

「……」

母にはなにもかもお見通しだ。母親の勘というものは恐ろしい。

「あ。あれでしょう」

「ちがうよ」

恋愛の話がくる、と思った私は即座に否定する。

「恋がうまくいかないのね」

「ちがう」

話を勝手に進める母に苛立ちを覚え、語気を荒らげた。

にもかかわらず、母はそのまま続ける。

「まあそううまくいかないわよね。お母さんもそうだった」

「だからちがうって！」

私は叩きつけるように箸を置いた。母は一瞬だけ萎縮の色を見せた。

それでも母の言葉は止まらない。

「うまくいくといいわね」

うるさい。

「応援してるわ」

うるさい。

「結婚したいと思えるような相手だといいわね」

うるさい。

「あなたには幸せになってほしいから」

「うるさい！　黙って！」

ずっと抑えてきたはずの怒りが爆発した。

「私は、私の好きなように生きるの。お母さんたちの人生じゃないの。二人が望む娘じゃなきゃだめ？　二人が望む幸せじゃなきゃだめ？　だったら出ていく。こんな家。出てってやる」

私の言葉の意味を理解していない母は、ただ応急処置的に私を宥《なだ》めようとする。

「大丈夫。大丈夫だから」

「大丈夫じゃないの！　私にとっては、全然大丈夫じゃないの」

わかって。わかってよ、お母さん。私はあなたのことが好きなの。嫌いになりたくないの。だから、お願いだから。それ以上は望まないから。どうか、わかって。

「結婚、結婚って、いつもその話ばっかり。どうしてよ。どうして……そのままの私を見てくれないの……」

感情が昂った挙げ句、理性が決壊した。悲しみの涙がとめどなく溢れてくる。

母は立ち上がり、私のそばへ歩み寄った。私の頭を撫でた。

「ごめんね瑞姫。あなたが何に怒っているのか、お母さんわからないの。だって、あなたの歳になったら、結婚するものでしょ普通？」

ちがうよ。いつの時代の話をしてるのよ、お母さん。いつまでも昔の価値観で話しかけるのはやめて。昔の価値観で私を傷つけるのはやめて。

──結婚するものでしょ普通？

そんなの、いまは「普通」じゃない。時代遅れの言葉で私を檻に閉じ込めないで。いまはいろんな考え方の人がいるの。だからお母さんの時代とはちがうの！

──普通。

あれ。

私。

どこかで。

この言葉……言った気がする。

どこだっけ。いつだっけ。誰に言ったんだっけ。なんのために……？

――本当に多趣味ですね。

そうだ。あのときだ。

――そういうのヲタクって言わないと思いますけど、普通。

あのとき、私が、成田杏子にむかって吐き捨てた言葉だ。

私の「ヲタク論」を、成田杏子にぶつけた言葉だ。

私の、古い価値観で、成田杏子を――傷つけた言葉だ。

どうしてだ。どうして、私も母も自分の価値観に囚われてしまうのだ。

馬鹿なことをした。愚かなことをした。自責の念に押しつぶされそうになった。いや、押しつぶされてしまうべきだと思った。

長年使ってきたツイッターがXになったって、受け入れればいいじゃないか。母が結婚の話をしてきたって、自分の考えを丁寧に伝えればいいじゃないか。成田杏子がヲタクだと公言しているのを見て、最近はこういう言葉の使い方をするんだなと自分の辞書をアップデートすればいいじゃないか。

なぜ、それくらいのことができないのだ。

それはきっと……私が、人間だからだ。本能が変化を恐れているからだ。だから、本当は仕方がない。私だけが悪いわけじゃない。みんな、少なからず、変化を恐れているのだから。

でも。

――そういうのヲタクって言わないと思いますけど、普通。

あんな言葉を、自分を肯定するためだけに他者にぶつけるのはもうやめたい。

自分への失望、母への慈しみ、成田杏子への懺悔……さまざまな感情が入り混じった私は、母の腕に包まれながら声をあげて泣いた。


心地よいゆるやかな風が、私を包んでいた。

もう、ヲタクとして生きるのも終わりでいいかな。そんなことを考えて、『バイブル』の漫画やグッズをアニメショップの紙袋に詰め、車を走らせて町の中心部まで来た。

思い返せばここ数年は、強迫観念に駆られてヲタクをしていたような気もする。せっかく最初から追いかけているのだから。こんなにグッズを買い集めたのだから。誰よりも詳しいのだから。私の絵を待っている人がいるのだから。そんな見栄が先走って、自分のためにヲタクをしていなかったような気がする。だから、もういいのかも。そう思った。

午前のアニメショップは空いていた。ヲタクは夜行性だからだろうか。いいや、それも偏見だ。夜行性じゃなくてもヲタクを名乗る権利はある。あの日以来、私は冷静になった気がする。

重い紙袋を両手で抱えて買取カウンターへと向かう。

サイン本、どうしよう。最後まで悩もうと持ってきてはいるが、売るのは気が引ける。ヲタクをやめるためだとはいえ、作者が拒む行為をまたやってしまうのはいかがなものだろう。捨てるわけにもいかないし……。

そのとき、見知った顔が視界に映った。

風間くん。

そして、そばには成田杏子がいた。

なんであなたたちがここにいるのよ。しかも二人で。

咄嗟に隠れようとしたが、風間くんが私の姿を捉えた。

「羽田さん！」

そっぽを向いた私の心を解きほぐすように、風間くんはこちらにやってきた。

「羽田さん、こんにちは」

「こんにちは」

先日の愚行を不甲斐なく思う気持ちと、風間くんに話しかけられた喜びが中和しそうになるがうまく交わらない。

成田杏子は恐る恐るといった様子でこちらへとやってきた。

「羽田さん。この間はすみませんでした」

彼女はあっさりと、そして丁重に頭を下げた。

それを見た私は、自分の小心っぷりがますます嫌になる。いま謝らなければタイミングを失うことはわかりきっている。なのに、うまく言葉を紡げない。

「いえ……」

私が悪いのに。私があなたを傷つけたのに。

機転を利かせた風間くんが、空気を変えようと振る舞う。

「その紙袋どうしたんですか？」

「え」

紙袋の存在をすっかり忘れていた。どうしよう。

「へえ～」

風間くんがなにかを察したような可愛らしい企み顔で追撃した。

「この店の袋ですよね、それ」

「いや、これは。その」

私は見るからに怪しい挙動しかできなくなった。

風間くんがひょいと背を伸ばして、紙袋の中を覗き見た。

「え！　『バイブル』じゃないですか！」

「え？」

つられて成田杏子も声をあげた。

「羽田さん、これって……」

私は言葉を探した。親戚の子どもの代理？　私は転売ヤー？　どこかで拾った？　馬鹿げた打開策しか思い浮かばず狼狽《うろた》えた。

「ちょっと！　これ！」

風間くんが紙袋のなかから一冊を取り出した。成田杏子が覗き込んだ。

「サイン!?　本物ですかこれ」

二人は世紀の大発見でもしたかのように、人目も憚らず騒いだ。

「待って、ちょっと待ってください。静かにして」

二人は目を見開きおどけた表情で、口元だけを手で覆った。

「黙っててごめんなさい。じつは私、『バイブル』のヲタクなんです」

「マジですか！」「ええ！」

またしても大声を出してしまった二人は慌てて、両手で口を塞いだ。

「はい……すみません」

謝罪会見に臨む政治家のように、私はしずかにゆっくりと頭を下げた。

「だから、だったんですね」

成田杏子が納得を帯びた声色で言った。

私は思わず顔を上げる。

「だから、私の発言が気に障ったんですよね」

成田杏子は自分を責めるような反省の色を見せた。

「ちがうんです成田さん。私が。全部、私が悪いんです」

成田杏子と目が合った。

「自分とちがう楽しみ方をしている成田さんを見て、受け入れる器の大きさが私になかっただけなんです。いろんなことを楽しんでいる成田さんが、しかも……その……うまくいってる成田さんが羨ましかったんです」

「うまく？　なにがですか？」

彼女はきょとんとした。

「いや、その……」

私は、成田杏子と風間くんに視線をやり、往復させた。

「え？」「え？」

二人は顔を見合わせた。じわじわと込み上げる笑いを抑えているようだった。

「ちがいますよ羽田さん」

風間くんが言った。

「あのですね……本当にここだけの話にしてもらいたいんですけど」

私は目を瞑り、次に発せられる言葉を覚悟した。

「ぼく、腐男子なんですよ」

「で、私は腐女子なんですよ」

「え」

二人が同時に笑った。私だけが状況を理解できていなかった。

「この前のライブもイケメンたちの絡みを堪能する目的でしたし、今日もBL本を漁りに来たんです」

気がつくと私の口はぽかーんと大きく開かれていた。

公に見せている多趣味なヲタク像とは別に、ディープで趣のあるヲタクの一面を隠し持っていたというのか。隠しごとをしていたのは私だけじゃなかったのか。

「成田さん。風間くん」

私は啞然とした表情を引き締めて、背筋を伸ばした。

「この前は本当にごめんなさい」

そして深々と頭を下げた。この謝罪は、私が成長するために神様が与えたチャンスなのだろう。捻《ひね》くれ者で独りよがりの私を更生させるための、通過儀礼みたいなものだ。

成田さんのやさしい声が頭上から聞こえた。

「大丈夫です。その代わり……」

彼女からどんな交換条件を与えられようとも、私は応えるつもりだった。

「腐女子であることは内緒にしてください。あと、一緒にコミケ行きましょう」

「え？」

成田さんのおかしな提案に、思わず間抜けな声を出してしまった。

「コミケで、人探しを手伝ってください」

「人探し……？」

はいと言った成田さんは、風間くんの顔を見た。

「この人に会いたいんです」

彼は私に、一枚の紙を手渡した。

「ぼくの恩人なんです。この人がいなかったら、いまのぼくはいないんです」

私は手元の紙を眺めた。

「腐男子になったのも、この人のおかげというか、この人のせいというか……この人に出会ったのはぼくが大学に入ったばかりの五月で、その日は大雨でした」

紙を握った手が、震える。

「どうですか？　綺麗でしょ。美しいでしょ。この絵」

熱弁する風間くんの顔が、私に近づく。彼の吐息を肌で感じる。

「でも、炎上してしまって消息が不明で。直接会ってお礼が言いたいんです。だから、コミケに行って手がかりを探したい」

お願いします、と彼は頭を下げた――。

ヲタクであることを二人に明かしたばかりなのに。
これでは、また隠しごとをしなければならないではないか。
私は、手元ですやすやと眠っているブルータスを見つめた。
私がはじめて描いたブルータスの絵。
風間くん、この絵を描いたのは私だよ。
大雨の降る五月――あなたはサミダレになったのね。
「私が、望月ツキだよ」
そう呟いた。
もちろん、心の声で。
いつか必ず、本当のことをあなたに話したい。

#ウルトラサッドアンドグレイトデストロイクラブ

カツセマサヒコ

カツセマサヒコ

1986年東京都生まれ。一般企業勤務を経て、2014年よりライターとして活動を開始。20年、『明け方の若者たち』で小説家デビュー、同作は映画化される。21年、ロックバンドindigo la Endとのコラボレーション小説『夜行秘密』を刊行。TOKYO FM「NIGHT DIVER」のパーソナリティも務める。

なんだっけ、それ。

頭の中に浮かんだ文字列に、南条涼香《なんじょうすずか》は覚えがあった。だが、単語の並びまで正確に把握しているのに、その言葉が持つ意味までは思い出すことができない。

携帯で調べれば、何か出てくるかもしれない。しかし今は手元になく、あるのは膨らみ続ける恐怖心と、現実から逃避しようとする正常化の本能だけだった。

南条は頭の中で、稚拙な単語のつながりを繰り返す。ウルトラサッド、アンド、グレイトデストロイクラブ。ウルトラサッド、アンド、グレイト、デストロイ、クラブ。ウルトラサッドアンドグレイトデストロイクラブ。徐々にその言葉の真意に近づいている気がするが、あとわずかのところで、輪郭はぼやける。そのうち脳では処理しきれなくなり、南条は経を唱えるように、ぶつぶつとその言葉を口にし始めた。

ウルトラサッド・アンド・グレイトデストロイクラブ。

絶望的な状況を前にして、捻り出された言葉の音とリズム。意味はわからずとも繰り返しているうちに、南条は、全身から抜けていたはずの力が、再び湧き起こってくる気がした。

いけ。ぶっとばせ。いけ。いけ。

呪文に背中を押されるように、南条は一気に床を蹴って、体を起こした。リビングから扉一枚隔てた先の寝室に駆け込むと、すぐに鍵をかけようとする。しかし、男の腕が一秒未満の戸の隙間に入り込み、それを防いだ。

南条は渾身の力で、扉を押し返した。

ウルトラサッドだよ。

誰かに言われた言葉。なんだっけ。踏ん張るために腰を低くすると、後ろに伸ばした左足が、何かに触れた。ずっと使っていなかったゴルフバッグが、出番かと南条に呼びかける。

南条は腕で押していた扉を肩で押し替えると、ゴルフバッグを斜めに倒し、手探りでクラブを抜き出した。その瞬間、扉にぶつけていた力が弱まったせいか、男の体が、勢いよく寝室に入り込んでくる。

いけ。ぶっとばせ。

男が勢い余ってベッドに突っ込んだ瞬間、南条は両手に握りしめたそれを、スイングした。壁や天井に当たらぬように鋭い軌道を描く必要があり、うまく力が入らない。しかし、クラブのヘッドは男の側頭部を、確かに擦める。

男は、視界に一瞬、南条の姿を捉えた。だが彼女が持っていたクラブを目で追うと、すぐその視界は揺れ、膝からストンと崩れ落ちた。

男の細くて大きな体が、うつ伏せになって倒れ込む。

なにこれ。なにこれ。なにこれ。

荒くなった呼吸が、余計に頭を混乱させた。

全身が心臓にでもなったように、体は激しく脈打ち、伸縮を繰り返している。下半身に力が入らなくなり、その場の重力に負けるように、南条も座り込んだ。

分泌されたアドレナリンが、目の前の光景をスローにさせて、南条は走馬灯のようなものを見た。

あれは、十年前の記憶。十七歳だった南条たちの、最強だった高校時代の記憶。

#

二年E組は、文化祭で何をするか、もしくは何もしないのか、その選択を迫られていた。文化祭も体育祭も、やる気があるのは運動部の一部の人間だけであり、教室に二割もいない彼女ら彼らが決めるクラスの意向は、帰宅部だった南条からしてみれば、実に退屈なものばかりだった。

「ホストクラブみたいなカフェ開こうぜ！　女子がたくさん来そうなやつ！」

「えーやだ！　キャバクラやろうよ！　男子がボーイしてさ！」

「てかお化け屋敷よくね？　ガチこえーやつやろうや！」

サッカー部と、バスケ部と、野球部の連中が、おもしろくもないアイデアを次々に投げ込む。南条はそれら全てをくだらないと思いながら、ただ黙って時が過ぎるのを待っていた。おそらく南条だけでなく、多くの生徒がみな、そうしていた。

「なんで誰も意見言わねーんだよー。協力しろよ、協力。団結だよ、こういう時こそ。オールフォーワンだろー？　ほら。じゃあ、えっと、和田《わだ》！　なんか言えよ、和田！」

学級委員であり、サッカー部のレギュラーでもある渡良瀬《わたらせ》が、和田を指名した。すかさず野球部の男が「和田って誰だよ。え？　あいつ、和田っていうの？　知らねー！」と椅子に乗って叫び、運動部の人間を中心に、教室がそれを笑った。

最前列の端に座る和田ひかりは、頭を下げたまま、机の一点だけを見続けていた。

「和田ー、なんかねーのかよー、言えよなんでもいいからー」

野球部の男は椅子の上から和田を責付いた。南条は和田のすぐ後ろの席にいて、こんなひどい状況において誰も声を上げない教室を、憎んでいた。頭の毛が薄くなってきたことを呑気に気にしている担任の安藤《あんどう》にも、同調圧力に屈してヘラヘラしたまま黙っているクラスメイトたちにも、それらと同じように沈黙を貫いている自分にも、同じだけ腹が立った。しかし、どれだけ憎しみが溢れても、行動するという一点には、どうしても辿り着くことができなかった。

沈黙が、教室を通り過ぎた。「場が冷めるからなんか言えや」と野球部の男がまた責付き、学級委員の渡良瀬は、じっと和田を見ていた。

「無茶苦茶にするのがいいと思う」

そんなとき、小さな声が聞こえた。

そう。無茶苦茶にするのがいいよな、と、南条も素直に頷いた。

もうこんなクラスは、無茶苦茶に壊れてしまえばいいんだ。

深く共感して、ふと前を見れば、その発言が、目の前に座る和田から出たものだと気付いた。

和田の声は本当に小さく、今にも裏返りそうなほど揺れていた。

運動部の人間たちは、特大の豆鉄砲でも食ったように、目を見開いて黙っていた。あの大人しそうな、名前も覚えてもらえないほど存在感のない和田の口から、「無茶苦茶」だなんて乱暴な言葉が飛び出すとは、微塵も思っていなかったようだった。

「なんだそれ」

例の野球部が、茶化そうとした。しかし「無茶苦茶にする」という言葉の響きは、高校生が持て余したエネルギーを発散させるキーワードとしては、十分すぎるほどの魅力を放っていた。

学級委員の渡良瀬が、「え、おもろそうじゃん！」と、これを認めると、「いいね、無茶苦茶にするやつ、やろうよ！」と教室はにわかに盛り上がり始めた。

その盛り上がりに反比例するように、和田の背中は、さらに小さくなったように感じた。次のチャイムが鳴るまで、和田の頭が上がることはなかった。

「和田」

放課後、すぐに教室を出ようとした和田の腕を、南条が摑んだ。和田の腕はこれまで陽を浴びたことがないように白くて、細かった。

「さっき、ごめん」

「え、どれ？」

和田は表情を変えず、雲にでも乗れそうな、やわらかい声を出した。

「文化祭のやつ。私、なんか言えばよかった」

「え、なんで？　指名されたの私じゃん」

「いや、そういうんじゃなくて。ごめん。ひどかったじゃん、ミセシメみたいで」

「別に、あんなのいつもでしょ」

「そうだけど」

「それに、ムカムカしてたから、言えてよかったよ」

「え？」

和田も、ムカムカするのか。

さっきの「無茶苦茶」という発言も、和田から出てきた言葉とは思えなかった。

「意外だった」

「なにが？」

「和田の口から、あーゆー場で、そーゆー言葉が出ること」

説明せずとも、和田には伝わったようだった。

「別にわざわざ口に出さないだけで、思ってることや考えてることは、うるさいくらいにあるよ。南条もそうでしょ？」

和田が何かを企むように笑った。自分は和田ほどいろいろ考えているだろうかと、南条は思った。

前を歩く和田の、癖毛のショートボブが揺れている。

和田の髪の色は入学当初から明るく、頭髪検査でしょっちゅう引っかかっていた。特に担任の安藤はどうしても和田をこらしめたいらしく、何かあるたびにそのことに触れた。ガッツリと染めているサッカー部の男子のことは何も言わないくせに、和田ばかり責めた。その説教があまりにしつこかったので、クラスの女子から反感を買っていた。

「無茶苦茶にしてやりたいのは、安藤だな、私」

南条が言うと、和田はクスリと笑って、「安藤デストロイだ」と呟いた。

「何それ、ダサ」

「ダサい単語、面白いから好きなの」

褒めたわけでもないのに、和田は照れた様子で言った。

「まあ、安藤もいいところあると思うけどね」

何故か安藤をフォローしながら、和田は別れ際、南条に手を振った。

南条がひとりになった途端、ポツポツと雨が降り出した。その翌々日に、和田の父親が死んだと、学校に訃報が流れた。

#

まだ、生きてる。

南条は、気を失って倒れている男の脈を恐る恐る確認し、大きく息を吐いた。

もしも、殺してしまっていたら。自分の人生がこの男に黒く塗りつぶされる未来を想像し、現実がそうならなかったことに、強く安堵した。

南条はベッドに手をついて重たい体を持ち上げると、引っ越しの際に使ったガムテープを机の引き出しから取り出した。男の手首と足首に、それを強く巻きつける。その途中で、男のデニムのポケットから、何かがはみ出ていることに気付いた。

ナイフ。

刃渡り一〇センチも満たない、携帯用の果物ナイフだった。

男は、これで自分を刺すつもりでいたのだろうか。

血の気が引く感覚があり、南条もその場で倒れそうになった。どうにか持ち堪えて、ナイフを男から取り上げると、ゆっくりと寝室の扉に向かった。

部屋を見回し、男に反撃される心配がないことを確認してから、リビングまで戻る。キッチンカウンターに置かれた携帯電話を手に取ると、一一〇番を押し、深呼吸した。

できるだけ、簡潔に状況を伝えようと、気持ちの整理を試みる。しかし、南条はそこにきてもなお、自分の身に起きたことに実感が湧いていなかった。

荻原《おぎわら》武《たけし》。五年前に出会ったきりだった男。そいつが突然、マンションまで来た。オートロックのエントランスを潜り抜け、インターホンも鳴らさずに、まるで自分の家かのように、悠然と玄関の扉を開け、リビングに入ってきた。

部屋の鍵を、かけ忘れていたのだろうか。夕飯の支度をしていた南条は、突如現れた男の姿を見て、声をなくした。固まって立ち尽くしていると、荻原が静かに笑みを浮かべた。一七〇センチある南条よりもずっと背が高く、芯から細い印象は変わらないが、出会った当時よりもずっと髭が伸びていて、顎全体を、真っ黒な綿が覆っているようだった。

「涼香ちゃん」

口元は笑っているものの、瞳は大きく見開かれ、その端は少し血走っている。その状態で荻原武は、ゆっくりと南条に近づいた。南条は、ダイニングテーブルの反対側に逃げるように距離を取る。逃げろ、という緊急信号だけが、脳内でけたたましく響いていた。

「付き合お。全部、許すから」

荻原が、手を広げながら距離を詰めてくる。南条は、拒否するように両手を突き出した。

「来ないで」

殺される、と思うより早く、腰が抜けた。その場にしゃがみこむと、もう、土下座の姿勢でも取るほかなかった。

「帰って。帰ってください」

あの言葉が、頭をよぎったのは、その直後だ。

ウルトラサッドアンドグレイトデストロイクラブ。

南条は、湧き出てきた力によって走り出し、ゴルフクラブを手にすると、男を撃退した。

警察官は電話越しに、五分ちょっとで駆けつける、と言った。どうしていいか分からず、リビングに置かれたソファに腰掛けると、南条は大きく息を吐いた。

過ぎ去ったはずの恐怖が、まだすぐそこにいる気がしてならない。

ゴルフクラブを取りに戻り、寝室に体を向けたまま、意識的に呼吸を繰り返す。そして何度も、あの呪文を唱え直した。ウルトラサッド、アンド、グレイトデストロイ、クラブ。

#

和田の父親の告別式は、南条が普段からよく通る街道沿いに建っているセレモニーホールで行われた。

南条は、葬式というものを物心ついてから一度も経験したことがなかった。お焼香を上手にあげられるだろうかとそれだけが不安で、喪に服す、という感覚を理解できないまま、遺影の前に立った。

和田のお父さんは、遺影で見る限り、とても優しそうに見えた。手を合わせてみるが、その人が和田の父であり、和田にはもうお父さんがいないのだ、という事実を、やはりうまく飲み込めずにいた。他のクラスメイトが遺影の前でぐずぐずと鼻を鳴らして泣いているのを見て、南条は羨ましく思った。

しかし驚いたのが、親族席にいた和田もまた、泣いていないことだった。和田は俯《うつむ》いてはいるものの、その目元を見る限り、悲しみに暮れている様子はなかった。

あまりに大きな悲しみを前にすると、涙は流れないものなのだろうか。

南条にはまだ、近しい人が亡くなった経験がなかった。飼っていたハムスターが死んでしまったときは大泣きしたが、それより大きな悲しみに出会えば、自分も涙が引っ込むほどの感情にのまれるのだろうか。

告別式が終わり、南条が母親と共に葬儀場を離れようとしたとき、和田に声をかけられた。

「この後、ファミレス行かない？」

南条より先に、すぐ横で立っていた南条の母が、頷いた。南条の母は涙ながらに千円札を折りたたみ、南条に握らせた。

「行ってらっしゃい」

告別式から帰宅し、ひと息ついてから私服に着替えて、自転車に乗った。セレモニーホールと同じ街道沿いにあるファミリーレストランに向けて、ペダルを漕いだ。

日は高く、乾いた風が心地よかった。この風の中に、和田のお父さんが溶けているのだと思った。台風が近づいているらしいが、空には雲ひとつなかった。

ファミレスに着くと、すでに和田の姿があった。

「今日、出てきて大丈夫だったの？」

南条は葬儀というものの全体像が、終わった今でも分からなかった。故人の唯一の子供がこんなところにいて問題がないのか、急に罪悪感のようなものに駆られた。

「大丈夫、夕方までに戻ればいいって言われたから」

和田は疲労感と解放感を滲ませた表情をして、デニムのポケットから自転車の鍵と携帯電話を取り出すと、テーブルに放った。自転車の鍵にはカバのようなマスコットのキーチェーンが付いていて、それが心なしか、和田のお父さんと似ているように思えた。

二人でドリンクバーに向かうと、和田は野菜ジュースのボタンを押しながら、聞き慣れない言葉を吐いた。

「何？」

「ウルトラサッド、だよ」

「何それ?」

「ちょー悲しい、ってこと」

ストローをグラスに挿すと、和田はテーブルに戻っていく。その後ろ姿が、いつもよりさらに小さく見えた。

和田のお父さんは、飲酒運転で亡くなったらしい。南条は母親から聞いたが、母がいったいどこの誰からその情報を聞いたのかは分からなかった。ただ、告別式のスピーチで、和田のお母さんが「お酒が好きな人だった」と話していたので、おそらく、事実で間違いなさそうだった。

「お酒飲むと、ひどいことしちゃう人でさ」

和田はそこまで話してから、一度、下唇を噛んだ。

「お母さんのこと、殴ったりもしてた。私には手を出さないけど、でも、しょっちゅうパシリに使われてたし。だから、飲酒運転で誰も巻き込まずにって聞いて、自業自得だし、なんか、むしろ安心してた」

つよがりには聞こえなかった。葬儀の場で和田が泣いていなかった理由を、南条はなんとなく悟った。同時に、家族の死に安心する家族がこの世界にいることも、初めて知った。

「てか、そのことは別に、サッドでもなんでもないんだけど。私、そのせいで転校することになったの」

「え、どういうこと?」

話が読めなかった。和田が転校することは、和田の父親の死とどんな関係があるのか。

「お母さんだけじゃ、稼ぎが少ないんだって。だから、家を売って、おばあちゃんちに戻るって」

「嘘、いつ?」

「二学期が終わったらって」

「まじ。すぐじゃん、そんなの」

「すぐだね」

和田は脱力したように、ソファに寄りかかって天井を見上げた。南条も、同じことをしたい気分だった。

「ウルトラサッドだよ、それ」

「でしょ」

和田は店員に向けて手を挙げると、メニューを見ずに、フライドポテトを頼んだ。

和田が転校する、と二年E組に発表されたのは、告別式の翌週のことだった。

担任の安藤に促されて和田が教壇に上がると、教室内は奇妙なほど静かになった。あの運動部の人間たちさえも、口を慎んで、和田に注目した。

「今、先生が言ったとおりで。二学期が終わったら、転校します。岡山県に行きます」

和田は国語の教科書でも読み上げるように、淡々と話した。相変わらず声は小さく、おそらく最後列の生徒には届かなかっただろう。それでも、誰も和田を茶化すことはしなかった。親が死んで、住んでいた街を離れる。十代の自分たちには想像しきれないほど大きな不幸が和田にのしかかったのだと、誰もが和田に同情した。

それによって和田は、皮肉にも教室で息がしやすくなったように、南条には映った。

和田の短いスピーチが終わると、悲しい拍手が静かに響いた。学級委員の渡良瀬が立ち上がらなければ、いつまでもその音は鳴り止むことがなさそうだった。渡良瀬は、和田が教壇から降りるより早く、クラスメイトたちに言った。

「文化祭、マジで派手にやろうぜ。和田のウルトラサッドをぶっとばすんだよ！」

みんな単純だった。和田が何気なく使った「ウルトラサッド」という言葉は、南条が教室で使い、渡良瀬がそれを広げ、あっという間に教室中に伝染していた。そして、E組の文化祭の出店名は「ウルトラサッド・アンド・グレイトデストロイクラブ」に決まった。文化祭を盛り上げることこそが、和田への誠意を示す方法なのだと、全員が全員に言い聞かせるようなムードがあった。

「教室の中に、もう一つ小屋を作って、その中に壊れてもいいものをたくさん入れておく。それで、一回三〇〇円くらいで小屋に入ってもらって、中のものを好きなだけぶっ壊していいっていう仕組み。怪我とかはしないようにするけど、あとは好きなだけ暴れてもらって、ストレス解消って企画。どう?」

渡良瀬が提案した「ウルトラサッド・アンド・グレイトデストロイクラブ」の内容に、反対する者はいなかった。それから一週間は、各自で「壊されてもいいもの」を学校に持ち寄るようになった。

中には赤点の答案用紙もあったし、一留している黒田《くろだ》は昨年使い古した単語帳も出品した。和田は父親のものと思われるプラモデルをいくつも持ってきて、クラスメイトは何も言わずにそれを受け取った。

いつの間にか、クラスは強く強く、団結していた。

「#ウルトラサッドアンドグレイトデストロイクラブ」はE組独自の流行語としてSNSに頻繁に登場し、次第にその意味は、ただの出店名を飛び越え始めた。中間テストの結果を嘆く投稿に使われるときもあれば、遊園地で撮った集合写真に使われることもあった。悲しいときや怒っているとき、嬉しいときや楽しかったとき、その感情を増幅させるような言葉として登場し、教室という限られた空間において、確かな影響力を持つようになっていった。

#

あれから、十年が経つ。和田は、元気でいるだろうか？

南条は、ようやく思い出した長ったらしいカタカナの羅列の意味に触れて、クラスメイトの現在を案じた。

警察はまだ来そうになかった。

不意に思いつき、南条は携帯電話の連絡先リストから和田の名前を探してみた。しかし、以前、携帯を急いで解約しなければならなくなったことがあり、そこで電話帳をリセットしたことを思い出した。当然、いくら探しても、和田の名前を見つけることはできない。

SNSで検索してみようかと、ソファの背もたれから姿勢を正したところだった。過去から呼び戻すように、自宅のインターホンが鳴った。

モニターを覗くと、男性警察官が二名、マンションのエントランスに立っている。

「男はどちらに」

玄関の戸を開けた途端、警察官が入り込んできた。リビングまで案内してから、南条は家の中がかなり散らかっていることに気が付いた。せめて部屋干ししていた洗濯物くらいは片付けておくべきだったかと、頭の中が急に冷静になり始める。南条は、下着が干されていないことだけ視界の隅で確認しながら、寝室を指した。

「あっちの、部屋にいます」

警察官は足早に寝室の扉を開けた。すると、荻原武はまだ目を覚ましておらず、先ほどと同じように、床に寝そべったままでいた。

「この、ガムテープは？」

荻原武の手首と足首に何重にも巻かれたガムテープを指さして、警察官は言った。

「あ、私が、やりました」と答えると、男たちは一瞬目を合わせ、そのあと微かに笑った。そこに嘲笑の意味が含まれていることを南条は見逃さず、しっかりと腹が立った。

警察官が、荻原武の頬を二度、三度と叩いて起こそうとした。南条は自分の心配よりも荻原武の心配をされている気がして、バツが悪くなる。「起きそうですか？」と聞こうとしたところで、荻原武が顔を歪ませて、ゆっくりと目を開いた。すぐ目の前に警官がいることに、明らかに動揺しているようだった。

「無事だな」と、太っている方の警官が言った。警察は外にも待機していたらしく、荻原武はおとなしく別の二名の警官に連れられて、あっという間に部屋からいなくなった。長く置いていた粗大ゴミを運んだ後のような、そこにあったものがなくなった感覚だけが残った。

荻原武が出ていくのを見届けたあと、先ほどの太った警察官が、南条に尋ねた。

「あなたは、怪我などありませんか」

「え？」

怪我、と言われて、南条は初めて自分の体に意識を向けた。しかし、改めて自分の状況を考えてみれば、南条は荻原武から物理的な攻撃を一切受けていないことに気が付いた。

「怪我は、ないです」

どうしてか、申し訳なさを覚える。

「じゃあ、部屋の中を壊されたり、荒らされたりとかは」

「それも、ないです」

そう言った途端、南条は、警官が自分に興味を失いつつあることが、手に取るようにわかった。男は退屈そうに部屋を見回しながら、南条には目も合わさずに状況をまとめ始めた。

「では男はナイフを忍ばせて突然ご自宅に侵入してきた、ということで、それ以外の被害はない、という認識でよろしいですか？」

「はい。大丈夫です」

被害は、ない。

死すら覚悟した経験をしたのに、被害はない？　私がナイフで刺されなければ、あの男の罪は、ただの不法侵入に過ぎないのか？　もしかして、それすら立証するのが難しいのか？

南条は焦り、混乱した。こちらが完全なる被害者であるはずなのに、どうしてもそうとは受け取ってもらえない気配に、心が糸のように細くなっていく感覚があった。

「男性からの話も聞いてみないといけませんし、一度、署まで同行願えますか」

警察官は、南条を品定めするように眺めて、言った。

#

文化祭当日まで残り二週間を切った、月曜の朝のホームルームのことだった。

話がある、と言って切り出した担任の安藤は、クラスの誰ひとり想定していなかったことを口にして、生徒たちの熱意を凍り付かせた。

「うちのウルトラなんとかな、やらないことになった」

数秒の間が、とても長く感じた。ようやく数名の生徒が言われたことを理解したように、途切れ途切れに質問を切り出した。

「は？　なんで？」「誰が決めたの、それ」

渡良瀬を筆頭に、運動部の人間が安藤に食ってかかった。

「意味わかんねえんだけど」

「どういうことだよ」

それも予想通り、といった様子で、安藤は目を瞑《つむ》って、生徒たちの反論が止むのを待った。

「まあ、俺も予想はしていたけどな。怪我をしたら危ないとか、学校が暴力を肯定するのか、とか、いろいろ懸念点はあっただろ。お前らがわーわーぎゃーぎゃー騒ぎすぎたから、親御さんたちがそれを心配して、学校に連絡してきたんだよ。一人だけじゃなくて、複数人な。それで、先生たちも話し合ったけど、まあ、万が一のことがあったら責任取れないってことで、中止だ。お前らももう高校生なんだから、そんくらいのことわかるだろ」

元から、大して興味もなかったのだろう。ここまで一度も口を出してこなかった安藤が、今になって教師らしいことを言ったことに、南条たちは怒りを通り越し、呆れた。安藤はこういうとき、決して生徒側に立ってはくれない人間だとわかっているからこそ、もうこの決定は覆らないことを、南条も察した。

「このホームルームの時間、お前らの好きに使っていいから。文化祭で他のことやるか、それともやめるか、自分たちで決めな」

そう言って、安藤は教壇を降りた。しばらく沈黙が続いた後、渡良瀬が頭を掻きながら、渋々といった様子で、その場所に立った。

「どうするか、考えよう」

この数日、美しすぎる団結が教室に熱を持たせていた。何かに反抗することこそが青春だと、体が叫んでいるようだった。しかし、その幼稚な熱も、学校側の圧力には呆気なく負けた。クラスは見事に士気を失い、つまり、和田が転校してしまうまでの最後の思い出作りもまた、ここで有耶無耶に消えようとしていた。

#

「まだ、お相手の男性が、喋ってくれないようでして」

警察署の取調べ室は想像していたよりも明るく、でも、目の前にいる痩せた警察官は、疲れがはっきりと顔に出ていた。

「荻原武さんとは、お会いしたことがある、と仰っていましたよね？　交際されてたんですか？　何か、過去にトラブルは？」

警察官は手元の資料をペラペラとめくりながら言った。南条は一瞬、硬直してから、その発言の意図に怒りを覚えた。

「それ、私が原因だって言ってます？」

思わず、そう返していた。ここまで散々な目に遭って、どうしてこれが、自分の行動に原因があったのではないか、と疑われなければならないのか。

「いや、そういうわけじゃなくてですね。事実関係をきちんと整理する必要がありまして」

警察官は少し慌てた様子で、両手を軽く上げ、降参するようなポーズをとった。他意も敵意もない、と伝えようとしているが、その様子が南条にはかえって好戦的な態度に思えた。

「荻原武さんとは、いつ頃お知り合いになったんですか?」

警察官が、先ほどよりは丁寧な言い回しで尋ねてくる。こちらの態度次第で口調すら変わる姿勢にも、腹が立った。そして、荻原武と出会ってしまった当時のことを思い出さなければならないことも、南条の気を重たくさせた。


大学四年の六月だった。

当時の南条は、就職活動に苦しめられていた。貧困問題を学ぶために大学に入った南条は、勉強こそ熱心に取り組んでいたが、親しくなれた友人はおらず、サークルにも入らず、バイトもろくにしていなかったため、社交性、と呼ばれる類の能力をほとんど伸ばすことができないまま、就職活動に向かっていた。真面目に生きてきたつもりだったが、不勉強で、遊んでばかりいた周囲の学生たちのほうがあっさりと内定を獲得していくことに、大きな違和感を覚えていた。

六月ともなれば、企業も学生も、売れ残りしか就活市場には出回らなかった。その日も、品川駅から歩いて二十分はかかる物流関係の小さな企業の待合室に、南条は座っていた。この会社に受かっても働きたくないな、と思いながらもそこにいる自分に、悲しくなるばかりだった。

その待合室に、もう一人だけいた就活生が、荻原武だった。

荻原武は、生命活動に必要な脂肪さえ削ぎ落としてしまったような体をしており、頬は不健康に見えるほど、こけていた。着ていたスーツは服にこだわりがない南条から見てもサイズが合っておらず、肩や手首、足元のどこを見ても布が余っているようだった。

南条が荻原を観察してしまったように、荻原もまた、南条のことを舐めるように見ていた。その目線はあまりに遠慮がなく、南条はわずかな時間にして、恐怖を覚えたほどだった。

しばらくして、荻原が面接室に呼ばれた。

十分ほど一人で待つと、荻原が口元を頻繁に動かしながら、部屋から出てきた。交代するように同じ部屋に入ると、やはり十分ほどで、南条も面接を終えた。面接の出来は相変わらずよくわからず、これといった手応えは感じられないまま、会社のエントランスを抜けた。

空はすでに暗くなってきており、オフィスが多い割に、歩いている人の数は少なかった。

荻原に呼び止められたのは、駅へと向かう途中にあった、小さな公園の入り口だった。

「すみません」

だぼだぼと大きいスーツを羽ばたかせるようにして、荻原は南条の前に立った。短い髪はポマードで固められているのか、それとも汗なのか、光沢がどこか不潔に思えた。

「よかったら、僕と、すき合ってください」

噛んだ。と思った。そのことが脳内を先回りして、唐突な告白を、冗談としか思えなくなった。南条は引き攣った笑顔を凍らせたまま、一歩退いた。男は、人と話す際の物理的な距離が、異様に近かった。

「あの、いきなり、言われても」

「じゃあ、連絡先」

一七〇センチある南条が、見下ろされている。男の長い腕が、すぐ目の前まで伸びた。

「連絡先、交換」

瞬きがあまりに少なく、機械のようだと思った。南条は自分を棚に上げたいわけではなかったが、この男とは付き合えないと、はっきり思った。大きな手から差し出された携帯電話は、画面が無数に割れていた。

「いや、だから」

「連絡だけならいいじゃん！」

急に口調が攻撃的なものになり、南条は思わず体を縮み込ませた。危険だ、と、細胞が叫んだ。男は怯える南条に「ああそういうつもりじゃなくて」と言って、さらに一歩、距離を詰めた。

「いや、すみません、無理です」

「連絡だけだよ？」

携帯電話をぶらぶらと揺らして、もう一度荻原は、不機嫌な声を出した。

これは、逃げられない。

南条は、察した。きっと断れば、この男は襲ってくるか、どこまでも付いてくると思った。

だからとりあえず、連絡先だけは交換して、そのあとすぐに削除し、連絡を取らなければいいと思った。

「じゃあ、あの、連絡先だけ」

それが、間違いだったのだ。

荻原は、急に南条の顔を写真に撮ると、本名を、読み上げた。

「ググればいくらでも出てきますよね」

「え待って」

「インスタもやってる。あ、すごいすごい、ふふ。え、東京の人じゃないんだ。この、ウルトラなんとかって、何、誰も使ってないと思うけど、ふふ」

南条は目の前で、自分を荒らされた。ポケットにしまった携帯電話が何度か震えて、あらゆるSNSにフォロー申請がきたのだと分かった。

「嬉しいです」とだけ言って、荻原武は画面から目を離さず、そのまま駅へと向かって、歩き始めた。

日は完全に暮れ、公園の街灯は頼りなく地面を照らしていた。南条はハッキリと、恐怖の輪郭を捉えていた。荻原に追いつき、全てを取り消したかったが、その勇気すら、微塵も湧いてこなかった。

「なんか、思っていたよりもヤバそうな男ですね」

警察官は、映画の予告編でも見たかのような感想を述べた。

南条は当時の不気味さを明確に思い出して、大粒の鳥肌を立てていた。

「アカウント、その日のうちにすぐに全部消すことになって、携帯も、翌日に解約しました。当時は実家に住んでいたから、家まで来ることはなかったけど、本当に怖かったです」

南条は、荻原が忍ばせていたナイフを思い出していた。

何かに取り憑かれたような瞳は、こちらがまともに説得しようとしたところで無意味だったと、今でも思った。

「まあ、とにかくお相手が何か言うまで、待っていただけますか」

そうして、警察官の男は取調室から出て行った。

妙に冷える夜だった。恐怖心が、さらに体を冷たくさせていた。誰も味方がいないように思えるこの場所で、やはり南条が考えるのは、和田のことだった。

和田に会いたい。

何を話すわけでもないけれど、ただ和田と会ってみたい。

その願いだけが、悲劇ばかり起こるこの一日を、ぎりぎりのところで支えていた。

＃

「やりたかったなあ、ウルトラサッド」

日が暮れかけていた。後夜祭で盛り上がる体育館を背にして、右隣を歩く渡良瀬が伸びをしながら言った。それにすかさず、左隣を歩く和田がツッコむ。

「ウルトラサッド・アンド・グレイトデストロイクラブね」

「和田、なんでいつも、フルネーム強要なの？」

「だってウルトラサッドだと、悲しいだけじゃん。ちゃんとグレイトデストロイするから意味があるのに」

和田は相変わらず小さな声だけど、どこか楽しそうに言った。

二年E組の文化祭は、とくに大きな波乱も盛り上がりもないまま、その二日間を終えた。

「ウルトラサッド・アンド・グレイトデストロイクラブ」を中止され、E組は結局、その代替案となった「巨大モグラ叩き」で出店した。E組の生徒たちが手作りのモグラの着ぐるみを被り、ランダムに穴から飛び出したところを段ボール製の巨大ハンマーで叩いてもらう、という企画に、E組の熱が再燃することはなく、モグラ役や店番をやりたがる生徒は数えるほどしかいなかった。

南条は、文化祭の初日はすぐに家に帰り、二日目だけ、和田と一緒に校内を回った。この祭り自体にすっかり興味を失っていた南条には、すべての催しが幼稚で低俗なものに見えて、そのフィルターが嫉妬からきているものだと気付けば、自分のほうこそ低俗で情けない人間だと思ったりした。横を歩く和田は、意外にもその陽気な空気を楽しんでいるようで、その様子にも南条は拍子抜けしていた。

「和田、意外と楽しんでたよな」

横を歩く渡良瀬が、嬉しそうに言った。和田と二人で帰ろうとしていたところに、渡良瀬があとから付いてきた。学級委員だし、サッカー部の人気者である渡良瀬が、どうして後夜祭にも出ずに自分たちに構うのか、南条は理解できなかったが、和田はまんざらでもなさそうだったので良しとした。

「わかんない。どうせ転校するし、最後くらい楽しもう、ってくらいかも」

「お前、本当寂しいこと言うなあ」

渡良瀬はつまらなそうに言った。南条も、その時だけは渡良瀬の気持ちに共感していた。

「それよりさ、お腹すいたんだけど。なんか食べて帰ろうよ」

和田は渡良瀬の話を無視するようにお腹を撫でて、私を見た。

「じゃあ、打ち上げ兼ねて、和田の送別会しようぜ?」

「なんで渡良瀬が決めんの。てか打ち上げって何」

「いいじゃん。ウルトラサッドすぎるから、打ち上げくらいさせてよ」

渡良瀬はなんというか、壁のない人間なのだろうと、そのときようやく腑に落ちた。育ちもよく、誰からも自分は愛されるだろうという絶対の自信と共に、誰にもやさしくできる人間。そういう人間がこの世界には稀にいるのだと、南条は半ば強引に理解した。

送別会を兼ねるのであればと、南条と渡良瀬が、和田に夕飯を奢ることになった。和田がリクエストしたのは、この学校の生徒なら誰もが一度は足を運ぶといわれる油そば屋「油麵亭《ゆめんてい》」だった。

和田は、その店にまだ一度も行ったことがないのだと話した。

「マジかよ！　うちの高校でそんなやつ、初めて見た！」

「渡良瀬、それは盛りすぎでしょ」

「いやいや、マジだって！　和田、お前ちょーレアじゃん。てか、今まで人生損しまくってるじゃん。岡山に行ったら二度と食えなかったぜ？　よかったなー お前」

「なんで渡良瀬って、そんなバカなの？」

南条がツッコむと、和田も嬉しそうに笑ってくれた。

「油麵亭」に着くと、渡良瀬はサッカー部のくせに並盛りの食券を買い、和田は初めてだというのに通常の二倍の量があるダブル盛りを注文した。「絶対に後悔するぞ、残すなよ」と渡良瀬が和田に忠告している横で、南条は並盛りのボタンを押した。

三人、カウンターで横並びになって、油そばを食べた。

和田の小さな顔に対して、ダブル盛りの油そばの器はあまりに大きく、渡良瀬はその様子を写真に収めて笑っていた。和田はとても苦しそうにしながら、しかしきちんと一人でダブル盛りを完食し、南条たちを驚かせてみせた。

なぜか、その時間が最も穏やかで、幸せだったと、南条は記憶していた。

もうすぐいなくなってしまう和田のことを愛おしく思いながら、あっという間に過ぎゆく幸せな時間を、どうにか遅くできないものかと、南条は考えていた。

#

あのときの和田の食べっぷりは、まるで飢えた獣みたいだったなと、南条は思い出して笑いそうになる。どうしてそんな昔のことをと思えば、やっぱり今の自分が、当時の和田と同様、空腹で仕方ないからだと悟った。

携帯を見れば、時刻は二十三時を過ぎている。いつもなら布団に入るか、撮り溜めていたドラマを消化している時間だ。

どうして自分は、こんなところにいるのだろうか。

南条は、先ほど警察署で言われたことを、思い出した。

「荻原が、不法侵入を認めました。殺意はなかったが、抵抗されたときのために、ナイフを所持していたそうです」

先ほどまで対応していた警察官とは、別の男が説明してくれた。

「ご協力ありがとうございました。また連絡すると思いますが、今日のところは、お引き取りいただいて構いません。ご自宅までお送りしますので」

頭を下げられたが、南条は、この男たちから一秒でも早く離れたかった。息が詰まりそうな感覚が、警察署に来てからずっとおさまらずにいた。

まだ電車はあるので大丈夫です、と告げると、すぐに椅子から立ち上がり、その場を後にした。そして今、あまり馴染みのない夜の街を、一人で歩いている。

あたりは光が飲み込まれたように暗く、夜風は秋が深まっていることを告げていた。もう少し暖かい格好をしてくればよかったと後悔しかけたが、しかし、自宅に警察がいる状態でそんな余裕を持って支度ができるわけもなかった。

ぐう、と腹が音を鳴らして、健康体であることを知らせる。我ながら、随分と図太い神経をしている。あのときの和田も、同じような感覚だったのだろうか。

食べなきゃやってらんないよ。

南条は、十七歳の和田に、そう言われている気がした。

携帯電話を手に持ち、地図アプリを立ち上げたまま歩いた。

地図アプリは、街道沿いをまっすぐ歩いたあと、途中にある商店街を右折し、その先に駅があることを告げた。南条はその指示に従い、車通りの少ない二車線の街道を、ゆっくりと歩いた。

自宅までの直線距離は、徒歩三十分程度と書かれていた。三十分離れるだけで景色はこんなに見知らぬものになり、歩く人を心細くさせるのだと、南条は思った。

商店街に入っても、多くの店は閉まっていて、活気はなかった。たまに男とすれ違うたび、南条は今日の出来事を思い出し、体を鉄のように固まらせて、いつでも逃げられるように力を込めた。そんなことを何度か繰り返すうちに、疲労は蓄積され、やっぱりパトカーで帰ればよかったと、自分の選択を後悔しつつあった。

「油麵亭」の文字が南条の目に飛び込んできたのは、そんなときだった。

暗がりの商店街で、一店舗だけ、無数の電球を煌びやかに灯している店があった。赤い看板に、光沢のある太い筆文字で書かれた店舗名は、間違いなく高校時代に通った、あの「油麵亭」じゃないか。

南条は、夢のようだと一瞬思った。が、少し考えれば、この店が自分たちの通っていたあの「油麵亭」と全く同じではないことくらい、すぐにわかった。立地も違えば、店のレイアウトも若干違っている。さらにいえば、高校時代は個人店だと思っていた「油麵亭」が、実はチェーン店だったことがこの瞬間に判明したわけで、南条はまるで自分の理想の世界が静かに壊されたようなもの寂しさに襲われた。

それでも店に足を踏み入れたのは、やはり、あの十年前の秋と同様、やるせなかった一日を喰らい尽くしてやりたかったからだ。

南条は券売機の前に立つと、あの日の和田と同じように、油そばのダブル盛りを押し、ジョッキビールの食券も買った。あのときと違って、今は一人だ。でも、十年が経ち、私は東京にいて、ウルトラサッドな状況をどうにかぶっとばして、ここにいる。ダブル盛りを、どうにか平らげてやろうと思っている。

南条は、和田にそのことを伝えたかった。

十年間、散々なこともあったし、今日も散々だった。でも、あの日と同じように、私は私でいるよと、和田に伝えたかった。

それで、十年ぶりだ。南条はインスタグラムを開くと、検索窓に、ある言葉を打ち込んでみた。
#ウルトラサッドアンドグレイトデストロイクラブ
何も出てきやしないだろうと、ほとんど期待せずに入力した。当時の投稿が残っていたらおもしろいなと、気休め程度に検索をかけただけだった。

そして、やはりヒットした投稿は、一つもなかった。過去は過去のまま、現在からはアクセスしようもないことを教えられた気がした。南条は元から諦めていたのに、それでもしっかりと寂しくなった。

目の前にビールが置かれた。店員は、ツーブロックに刈り上げた髪を部分的に青色に染めていた。あの店に、そんな人はいなかった。やっぱりここは、あの「油麵亭」とは同じようでいて、違う場所だ。

南条はジョッキに入ったビールを、一息で半分流し込んだ。空っぽだった胃に刺激が走り、少し痛んだような気がした。まだ緊張しているのか、いくら飲んでも酔いそうになかった。茹で上がった麵の香りが、空腹をさらに加速させた。急かすつもりはなかったが、カウンターに身を乗り出して、調理の様子を覗こうとした。

そのときだった。後ろの狭い通路を、同い年くらいの女性が出口に向かって、通ろうとした。南条は慌てて椅子を前に引いて、女性が通りやすいようにスペースを確保した。女性は少し頭を下げて、その直後、声を上げた。

「南条?」

か細く、高い声だった。聞き覚えのある響きに戸惑いながら、南条は振り向く。声の主の顔を恐る恐る確認すると、そこにいたのは、十年後の姿の和田だった。

転校して、同じ学校ではなくなった和田が、十年経った今、目の前にいた。元から明るかった髪色はブリーチされて完全な金髪になっており、耳には軟骨までしっかりとピアスが開けられていた。それでも、和田の面影は、当時のままだった。小さな体に、白くて小さな手をした和田が、南条の目の前に立っていた。

「待って。すごい。すごい」

「ね、すごいね、本当に？」

「本当、本当？　ちょっと、今、急いでる？」

「ううん、大丈夫。今、帰り」

慌てる南条を見てなのか、和田は笑った。その笑みを見て、間違いなく和田だと、南条は確信して、安心した。

「ごめんちょっと、そっこーでこの油そば食べるから、待っててくんない？」

「え、それ、ダブルじゃん」

和田はカウンターテーブルに置かれた南条の油そばを見て、笑った。

「ダブルだけどそっこーで食うから。お願い」

「いいね。じゃあ、タバコ吸って、待ってる」

「ありがとありがと。そっこーで終わらせる」

南条は割り箸を手に取ると、勢いよく二つに割る。頭の中に、もう一度あの言葉が蘇ってきていた。

ウルトラサッド・アンド・グレイトデストロイクラブ。

#

「なあ、聞いたかよ」

三学期の始業式だった。

南条が和田のいなくなったE組に入ると、渡良瀬が神妙な面持ちで机まで向かってきた。

「何?」

「いや、安藤のことよ」

年明けに学校から連絡があり、E組に衝撃が走った。南条たちの担任だった安藤が、二学期いっぱいで急遽退職することになったと、親宛のメールで伝えられたのだった。

E組の生徒たちのグループLINEにも、安藤の退職理由についての憶測が飛び交った。当然ながら答えを知っている者は誰もおらず、一晩経てばその騒ぎも落ち着いてしまっていたから、渡良瀬がすぐにその話を始めたことに、南条は少し、違和感を覚えた。

「もしかして、安藤が辞めた理由、知ってんの?」

言い終えるより早く、渡良瀬が人差し指を口の前に立てた。

「多分、嘘じゃないと思うんだけど」

渡良瀬は声を潜めて言った。そのあとに続いた言葉に、南条は耳を疑った。

「和田と安藤、付き合ってたみたい」

和田と、安藤が？

グループＬＩＮＥで飛び交っていたどんな憶測よりも、嘘っぽい。と、南条は思った。そのくらい現実味がなく、突拍子もないことだった。あの二人が、付き合ってた？

「え？　付き合ってたって、なに？」

頭の中で何度イメージしても、全く現実味がない。想像すると、気持ち悪さすらある。

「ありえない。いくらなんでも、無茶でしょ」

南条は笑いながら、でも頭の中で、和田の過去の発言を思い出していた。

――安藤もいいところあると思うけどね。

あの台詞は気まぐれなフォローではなく、生徒と教師よりも近しい間柄だったからこそ出た、和田の本音だった？

「いやいや、無理があるって。違う違う。ありえないでしょ」

だって、頭髪検査とか、安藤は和田のことを、あんなにしつこく説教してたし。

そう南条が言い切ると、渡良瀬は目を細め、どこかを睨むように言った。

「フェイクだったんじゃねえか？　あれも。カモフラージュみたいなさ」

「そんな、好きの裏返しみたいなこと、する？」

「いや、安藤みたいなやつは、しそうだろ」

「きも。ってか、偏見つよ。ないって。ないない。あの二人にそれはない」

南条は断言した。そうでもしないと、和田を疑ってしまいそうだった。

「じゃあお前、なんか知ってんの？」

渡良瀬が不機嫌そうに尋ねてくる。

「いや知らないけど、わかるって。和田はそういうやつじゃない。え、てかそれ、どこ情報なの？」

「わかんない。でも、和田は職員室で、先生たちの前で言ったらしいから」

「言ったって、何を？」


二学期の、終業式を終えた後のことらしい。

午後になって、一度帰宅した和田は、母親と共に、再び学校に向かった。引っ越し前の最後の挨拶ということで、学校側にも約束をしていたらしい。職員室はちょうど会議を終えたばかりで、多くの教師がまだそこに残っていた。

和田の母親が丁寧に挨拶をした後、和田にも何か言うように、促した。和田はつまらなそうな顔をしたまま一歩前に出ると、しばらく沈黙した。

その間があまりに長くなりそうだったので、安藤は、和田を急かした。なんでも言っていいんだぞ、と、確かにそう言った。

それが、引き金になった。

――私、安藤先生の家に、行ったことがあります。何度か泊まらせてもらいました。遊園地にも連れてってもらいました。海までドライブしたこともあります。ＬＩＮＥもしょっちゅうしてました。付き合っていると、私は思ってました。転校することになれば、同じ学校の教師と生徒ではなくなるから、もう少し気軽に会えるようになるかもと思って、期待していました。でも、この人は、他に彼女がいるって言いました。お前も幸せになってほしいって、勝手なことを言いました。散々弄んでおいて、こちらの気持ちを踏み躙る。教師である前に、人間としてクズだったことを、教えてくれました。


「安藤、デストロイだ」

南条がつぶやくと、渡良瀬も小さく頷いた。

「あいつなりの、復讐だったのかも。学校の誰にも気づかれないように、それこそ、仲が良かった南条にすらバレないように、ずっとお忍びで付き合ってて、急に裏切られたんだから。そりゃあ、怒って当然だろうけど。でも、それを実行できちゃう勇気がさ」

渡良瀬の話を聞きながら、またしても南条は、和田の言っていたことを思い出した。

無茶苦茶にするのがいいと思う。

あの言葉は、教室内のヒエラルキーへの不満とか、そういう、私たちが抱えていた問題に対するアンサーとして用意されたものじゃなくて、安藤と和田の隠された関係についての答えとして、和田が提示したものだったのだろうか。

「俺さ、グレイトデストロイって、今、安藤も和田もいなくなった、三学期のこの教室のことを指してるんじゃねーかって、そんな気がしてならねーよ」

渡良瀬が、始業式特有の興奮に包まれたクラスを見ながら言った。

だとしたら、ウルトラサッドというのは、和田の父親が死んだことでも、和田がこの土地から離れなきゃいけなくなったことでもなく、和田が隠さなければならなかった安藤への恋心を指していた?

南条は、言葉に出さないまま、大きなため息をついた。

「もう全部、遅いよ。和田はもう、いないんだから。その謎は、私たちには解けないよ」

#

大きな川が流れている。その近くの公園には、南条と和田以外、誰もいなかった。

遠くには、川を跨ぐように架けられた橋が見えて、その上を、電車が左右からすれ違うように走り抜けた。電車の走る音だけがかすかに聞こえて、それ以外は夜に飲みこまれたように静かだった。

「十年ぶりだよ」

南条は、和田と目を合わすことすら、照れ臭かった。今日に限って思い出されたたくさんのことを、本人にどこまで伝えるべきか、そのことを考えるだけで、全身が熱を持ち、恋でもしているかのように、体が痒くなった。

「十年かあ。南条、変わってないね」

タバコを吸いながら、和田が笑った。やはり、昔の和田そのものだった。

「まさか、ダブルいってるとは、思わなかったでしょ？」

「いや、私も、ダブルいってたから」

「マジ？　和田こそ、変わってないじゃん」

「あ、覚えてる？　文化祭の後でしょ？」

「そうそう、それ」

覚えてる。二人で思い出せる。それだけのことが、南条には有り難かった。

南条は「油麵亭」の前で和田を待たせている間、不安に思っていた。もしも和田が、自分との思い出を少しも覚えていなかったらどうしようと、そのことばかりを心配していた。

人の記憶はいつだって断片的だ。誰もが同じシーンばかり覚えていられるわけじゃない。

この十年間で、和田にもいろんな記憶が積み重なっているはずで、その中でひっそりと高校時代の些細なやりとりを忘れてしまっても、おかしくはないとわかっていた。

でも、だからこそ、だろうか。

南条は和田に、あの日々のことを覚えていてほしかった。南条にとって、和田と過ごした高校二年の記憶は、おそらくかけがえのないものだった。つまらない毎日ではあったけれど、何かあったとしても和田がいるから大丈夫だと思えた日々は、南条にほんの少しの自信と勇気を与えてくれていた。そのことを、今日になって南条もようやく思い出せていた。あの時間がなければ、きっと今の自分はここにいないと確信できるほど、和田が南条にくれた思い出は、大きなものだった。

「和田、元気にしてるの?」

それで全部、答えてほしいと思った。転校してからの日々は、どうだったのか。どうして今、東京にいるのか。どんな暮らしをしているのか。あの高校で、本当に教師と付き合っていたのか。どのくらいの期間、そんな関係にあったのか。どうして私に、話してくれなかったのか。聞きたいことは、山ほど浮かんだ。でもどれも、十年ぶりに再会した夜に聞くべきことではないと、わかっていた。だから、自分から話してくれないかと、南条はかすかに期待してしまっていた。

和田はタバコを口から離すと、小さな声で答えた。

「元気っちゃ、元気かな」

目の前に落ちていた五センチほどの石を、和田が蹴飛ばした。最初は勢いよく、でもすぐに回転は緩やかになり、南条の前でぴたりと止まった。

「二年前に結婚して、そのタイミングで東京に出てきて、去年、離婚して。それからずっと、この辺に住んでる。南条は？　元気？」

要約して語られる和田の過去に、南条は戸惑った。でも、今は根掘り葉掘り聞くより、この会話を少しでも長く、続けたかった。

「私は、たぶん、全然元気じゃないな」

あまり深く考えずに、南条はそう言って、和田が眉間に皺を寄せた。

「どうして？」

「んー、どこから言うか、むずいけど。いろいろあって、さっきまで私、警察署にいた」

「マジ！　なんで？」

南条は一瞬、自分でも忘れていた。ついさっきまで、本当に大変だったことを。でも、和田に会えたことで、現在地がどうでもよくなるくらい、今の南条は、過去に浸っていたかった。

「あのね、和田。今日、私、和田に会いたいって、ずっと思ってたんだよね」

和田はタバコを吸おうとした手をおろして、黙ったまま南条を見つめた。夜が更けるほど気温は下がっていくのが感じられて、南条は足の先をこすりながら、続けた。

「本当にやばい瞬間があってさ。もう、死ぬかもって思ったの。これ、比喩じゃなく、現実的な、物理的な話ね。そのときに、あの文化祭でさ、覚えてる？　クラスの出し物で、すごい名前付けたの」

「ウルトラサッド・アンド・グレイトデストロイクラブ？」

「そう！　すごい、よく覚えてたね」

「だってそれ、ほとんど私がつけたやつじゃん」

「そうそう。だよね。でね、なぜか頭の中で、ずっとそれを唱えてた。ウルトラサッドアンドグレイトデストロイクラブ、ウルトラサッドアンドグレイトデストロイクラブって」

南条は両手の拳を握りながら、数時間前の自分を思い出す。許容量をはるかに超えた恐怖を前にして、腰を抜かしたはずの自分から、力が湧き起こってくる感覚。今ならなんでもできると、そんな万能感すら覚えていたこと。

「そしたら、ピンチから、脱出できた。あんな長ったらしい言葉、その瞬間までほとんど忘れてたはずなのに、ピンチの瀬戸際にきて、魔法みたいに降りてきた。だから、和田があのとき、あの言葉を作っていなかったら、私は死んでたかもしれないわけ。だから、今日会えたことが、めっちゃ嬉しかった。てか、奇跡じゃんって、めっちゃ思った」

自分の興奮が恥ずかしいくらいに、南条は自分の手を強く握りしめていた。和田はその手を見つめたあと、子をあやすような笑顔を浮かべた。

「なんか、よくわかんないけど、よかったってことだよね？」

「うん、すごくよかった」

「じゃあ、よかった。すごい興奮してるから、私まで殴られんじゃないかって思ったけど」

二人の笑い声が、誰もいない公園に響いた。それもすぐに、夜風に流される。二人以外は滅んでしまったように、あたりは静かだった。和田は改めてタバコを咥えて、風から守るように火をつけた。

「南条は私と似てるなって、あのときから思ってたけど、そうなのかもね」

「え、似てる？　身長違いすぎじゃない？」

一七〇センチを超える南条と一四〇センチ台前半の和田では、目線を合わせるのも一苦労だった。地毛から明るい髪だった和田と、真っ黒な長髪を持つ南条では、外見は正反対とすら思っていた。

「でも、似てる。どっか似てるって、ずっと思ってた。でね、私も、お父さんが死んだときとか、転校してすぐのときとか、やっぱり南条のことを考えてたよ。南条に助けてほしいって思ってた。覚えてる？　告別式の後に、ファミレスに呼んだのも、覚えてる？」

「覚えてる。和田は野菜ジュースばっかり飲んでた」

「そこは別に忘れてもいいんだって」

また、笑い声が鳴った。その声が鳴り止む前に、和田は続けた。

「あのとき、本当に心細くて、誰も味方なんていないって思ってた。私を大事にしてほしかった人に裏切られて、もうこの世は終わり。ゲームオーバーだって、ずっと考えてた。でも南条が、周りのクラスメイトは白々しく泣いてんのに、南条だけ、私とおんなじような顔で、お焼香上げててさ。あ、南条だ。南条だったら、私の絶望を、少しくらい共有しても許されるかもって、そんなふうに思ったんだよ」

和田は優しく煙を吐いて、それを夜風に乗せた。その煙が溶ける様子を見届けてから、ゆっくりと歩き出し、南条の指先を軽く握った。本当に小さな手だと、南条は思った。

ウルトラサッドな私たちだった。悲劇に見舞われやすくて、友達を作るのが下手で、男運が悪くて、世の中の大半に興味が持てなくて。それでも、そんなの全部ぶっとばしてやろうって思えたのは、やっぱり和田がいたからだ。二年E組の隅に、私の人生に、和田がいたという事実が、私のことを強くしてくれるんだと、南条は思った。


終電の時刻はとっくに過ぎていた。寒気はより強くなって、和田は小さく体を震わせた。

「南条さ、私、明日仕事ないんだけど。朝がそんなに早くないんだったら、うちに来ない？」

「え、まじ」

「うん。寒すぎだし、この辺、ファミレスとかないんだ。ちょっとうちで飲もうよ」

南条は、明日も仕事があった。でも、今夜はあの家に帰りたくなくて、和田からの誘いは、正直ありがたかった。

「じゃあ、私も明日、有休入れるかな」

「え、ほんと？　それは申し訳ないんだけど」

「いやもう、会社も、デストロイしたいところだったから」

「あ、じゃあうちの会社も、そうしてもらおうかな」

くすくすと笑いながら、和田はタバコの火を消して、携帯灰皿にそれをしまった。

「再結成しちゃお。ウルトラサッド・アンド・グレイトデストロイクラブ」

和田は強く、南条の手を握った。冷えた和田の手が、今の南条には、この上なく心地よく思えた。

#ファインダー越しの私の世界

木爾チレン

木爾チレン
（きな　ちれん）

1987年生まれ、京都府出身。2009年、大学在学中に執筆した短編小説「溶けたらしぼんだ。」で第9回「女による女のためのR-18文学賞」優秀賞を受賞。12年に『静電気と、未夜子の無意識。』でデビュー。21年『みんな蛍を殺したかった』が大ヒット。他の著書に『私はだんだん氷になった』『神に愛されていた』などがある。

深い海の底のような場所から、子供の泣き声で目が覚めた。

はっとして、一年前に産んだ子だと思い出す。幼い頃の自分にうり二つの女の子。髪も整えぬまま、私は急いで波《なみ》を抱き上げ、外へ出た。また隣のオバサンに、うるさいと貼り紙を貼られるのが怖くて、息ができないからだ。

連日の激務で疲れ切っている夫の洋介《ようすけ》は、どれほど波の夜泣きが激しくても朝まで起きることはない。

昨日と同じく、マンションから少し歩いた先の石のベンチに腰掛けて、波が眠るのを待つ。

生暖かい八月の夜風が心地いい。

「大丈夫」

波に囁きかけながら、それは、自分に言っているのかもしれないと思う。

「今日は満月やね」

月明かりの下、私の心が凪ぐにつれて、波の泣き声も小さくなる。

泣き声が止んだとき、ふと足元に、干からびた蝉の死骸が転がっているのが目に映った。それは明らかにもう復活することのない命で、私は思わず溜息を吐いた。いつからだろう。蝉が死んだあとも夏が永遠のように続くようになったのは、この、何の変哲もない人生が始まったのは。

波の頭を撫でながら、インスタグラムを開く。

友達と知り合いの境界線にいる誰かの充実した日常を眺めながら、この世には不幸なことなど何もないいんじゃないかと思う。

昨年コロナが収束してからは、旅行の投稿が増えた。
#韓国　#カンジャンケジャン　#美味しすぎた
という投稿にいいねをつけながら、羨ましくて病みそうになる。子供が小さいのもあるが、ブラック工場に勤める夫の給料では、海外など夢のまた夢だ。

思えばこの三年間の自粛期間は私にとって安堵の時間だった。

窮屈さはあったけれど、誰もが平等に不幸な気がして安心した。このまま、誰も、どこにも行けない世界が、続けばいいのにと思っていた。

もちろん誰も、私がそんなことを考えて生きていたなんて知らない。

だって私のフィードにも、不幸は存在しない。
#お食い初め　#生後一〇〇日
#ふたりで最後の旅行　#奮発して露天風呂付き客室
#フォトウエディング　#花見小路　#桜満開

＃ユニバホラーナイト　＃こわすぎ　＃初デート
まるで、人生の走馬灯のように、幸せが切り取られている。

私は周囲に追いつくのに必死だった。同じようにステージアップしなければ、取り残されていくような気がしていた。

でも思えば、いったい何に、誰に、追いつきたかったんだろう。

子供を産んで専業主婦になった今、私はもっと取り残されているような感覚になっている。


いいねの通知が下りてきたのは、それから三十分が経ち、波が眠りに落ちたときだった。

こんな夜中に、誰だろう。

ぼうっと見ていた水溜りボンドのYouTubeを閉じて、再びインスタをひらく。

しかし新しいお知らせはない。ここ一カ月は、育児に疲れ切ってストーリーすら上げていないのだから、過去の投稿を遡《さかのぼ》って見る奇特な友人はいないだろう。

けれど確かにさっき、いいねの通知があった。

はっとして、アカウントを切り替える。

〈yuu_film20〉

十年前に作った、フォロワー数二百人にも満たないそのアカウントの存在を、私はすっかり忘れていた。

お知らせを確認すると、いいねがついたのは、京丹後の八丁浜で撮った海の写真で、いいねをしたのは、大学時代に付き合っていた恋人だった。

〈nagigram.7〉

そのアカウント名を見た瞬間、母である証のように巨大化した乳房の奥の、本来の小さな胸が途端に締め付けられる。

大学生だった私の過去を閉じ込めたフィードには、今の時代でいうエモい写真が並んでいる。青空に線を描く飛行機。廃線路に咲くたんぽぽの綿毛。透明なビー玉が入ったラムネの瓶。深夜のコンビニで買ったパピコ。床屋の前で回っているやつ。古風なスナックの看板。

そしてすべての投稿に、〈#ファインダー越しの私の世界〉そのタグがあった。

#世界のすべてに意味を感じていた

答えのない物語が好きだった。

薄暗くて狭いキッチンがついたボロアパートが舞台の、決してハッピーエンドにならない恋愛映画が好きだった。

美術館でよくわからない作品の意味について考えるのが最高に有意義な時間の使い方で、iTunesに洗練されたアートワークが追加されるのが快感で、一眼レフで退屈な世界をノスタルジックに切り取るのが生きがいだった。

つまるところ、大学時代の私は、完全にサブカルをこじらせていた。

当然、こじらせようと思っていたわけじゃない。

私は全身全霊で、特別な存在になろうとしていたのだ。

前と後ろで長さの違うスカートを穿いていたのも、誰も知らないゆるキャラのトレーナーを着ていたのも、青のカラータイツを皮膚のように感じていたのも、特別な自分を演出したかったのだと思う。

恵文社やガケ書房でマニアックな本を探しながら、河原町の喫茶ソワレの二階で宝石のようなゼリーポンチを食べながら、私は夢見ていたのだ。

いつか自分の人生が、答えのない物語のなかに攫われることを。

#ユニクロも無印良品も絶対着なかった

十年前のその夜が、ひどく蒸し暑かったことを覚えている。

二〇一三年の夏、私は、ゼミで一緒だった彩子《さいこ》に連れられて、河原町の和民にいた。

「フジモリジュンヤでーす。経済学部の三回生でーす。よろしくでーす」

彩子が、勝手にセッティングした学内の先輩とのコンパに、参加させられていたのだ。

「お金は先輩たちが出してくれはるやろし、隅っこのほうでポテトとか好きなもの食べとくだけでいいから」という彩子の口車に乗せられたが、実際参加してみるとそうはいかなかった。帰ることもできたのだろうが、そこまでの空気の読めなさを発揮する勇気はなかったし、初っ端から抜け出すいい訳も思いつかなかった。

「古賀夕《こがゆう》です。二回生です。文学部です。よろしくお願いします」

自分の順番が回ってくる。私はせめて誰の記憶にも残らないように、できるだけ早口で言った。

「夕ちゃんの服、個性的やなあ」

地獄のような自己紹介が終わって間もなく、隣に座った男が話しかけてくる。経済学部の三回生だということとしか思い出せない。

「ありがとうございます」

当時、ハンジローで古着を買うのがマイブームで、その日は襟元のレースがお気に入りだった青地に白でwonderfulと書かれたトレーナーに、パッチワーク・スカートを穿いていた。こだわりの服装であり、だからけなされていることには少しも気が付かなかった。それに、個性的というのは、私にとって何よりの褒め言葉だった。

「夕ちゃんはさあ、なんか趣味とかあるん」

一年くらい早く生まれてきたからと、慣れ慣れしく名前を呼んでくるのも、ざっくりした質問の仕方も、何もかも気に入らなかったけれど、とりあえず笑顔で答えた。

「映画は週五で観てます」

週に一度、TSUTAYAで、旧作を五枚千円で借りるのが、その頃のルーティンだった。

「うそ。おれもめっちゃ映画好きやねん。好きな作品とかあるん？」

「邦画やったら『ジョゼと虎と魚たち』ですかね」

また質問の仕方に苛立ちながらも、私は答えた。

それは私を邦画の沼に突き落とした作品だった。

「へえ、聞いたことないわ。どんな映画なん」

喉元まで「は？」と言いかかったが、間一髪で呑み込んだ。

確かに『ジョゼ』は最近の作品ではなかった。だが仮にも映画好きと公言するのなら、『ジョゼ』も知らないなんて、ありえない。

「説明するのは難しいんですけど、えっと……逆に、なんか最近面白かった作品とかありますか」

あの映画の良さは、絶対に説明できない類のものだ。

心の中で苛立ちを爆発させながらも、私はなんとか微笑みを崩さぬまま訊いた。

「最近やったら、『テルマエ・ロマエ』かな。おれ、原作も読んだけど、結構忠実に再現されてたよなー。バリ笑った」

記憶が確かなら、昨年の映画だった。

「キャスティングは最高でしたね」

無難な受け答えをしながら、もはや顔が引き攣るのを隠せなかった。

決して『テルマエ・ロマエ』が悪いわけではない。

私だって原作漫画を買って読んでいたし、それこそ彩子に誘われて映画も観に行った。阿部寛演じるルシウスが銭湯にタイムスリップしてきたシーンは最高に笑った。

けれど、『ジョゼ』を知った上で『テルマエ・ロマエ』を語るのと、『ジョゼ』を知らないで語るのとでは、もう、なんというか、全然違うのだ。

「じゃあ、あの、最近じゃなくていいので、本当にいちばん好きな映画、教えてもらいたいです」

言うまでもなく、ロマエ（名前を思い出せないので、心の中でそう呼ぶことにした）の好きな映画を知りたかったのではない。

きっと私は、この怒りに似た感情を鎮めるために問いかけた。

「最近じゃなかったら、やっぱり『ジュラシック・パーク』やな」

それは、映画好きが一位に選ぶ映画として、全く間違っていなかった。誰がなんと言おうが『ジュラシック・パーク』は名作なのだから。

壮大なＢＧＭとともに、博士たちの前にブラキオサウルスが登場する場面は忘れがたい。

「なるほど。マジで最高ですよね。あ、ちょっとお手洗い行ってきます」

しかし、あの頃の私の求めていた答えではなかった。

せめて『ショーシャンクの空に』と答えてくれたら、私は会話を続けたのかもしれない。ブルックスと鴉《からす》のジェイクの絆について、あの美しいラストシーンについて、語ったかもしれない。

いや、と思い直す。

たとえどんな答えだったとしても、そんなのはただの延長措置に過ぎない。先輩というだけでいきっている上に、尖った靴を履いているこの男の名前を、私は覚える価値すら見出せないでいたのだから。

そして『ジョゼ』を知らないと言った時点で、私の世界の住人として拒絶していた。


お手洗いから戻ると、ロマエと彩子が、好きな芸能人の話で盛り上がっていた。おそらく、好きな映画の話を引き継ぎ、その世界一ありふれた話題に移行したのだろう。

「てか、彩子ちゃんってさ、上戸彩に似てるって言われへん?」

その下心たっぷりの指が、彩子の下品なほど茶色い髪に触れた瞬間、私は悟った。

ロマエは、上戸彩を目当てに『テルマエ・ロマエ』を観に行ったのだ。原作も、なんとなくネットカフェとかで読んで、『ジュラシック・パーク』も、子供の頃に金曜ロードショーで観て面白かった記憶が残っているだけに違いない。

わざわざ確かめはしないが、絶対にそうだ。

「上戸彩なんて、そんなんはじめて言われました。あ、夕はさ、誰か好きな芸能人いる？」

トイレから戻ってきてから、私が一言も発していないことを気にしたのではなく、あからさまな照れ隠しとして、彩子が話を振ってくる。信じられないことに、その甘ったるい喋り方から、彩子はロマエを気に入っているようだった。

「松山ケンイチ」

板尾創路と迷ったけれど、微妙な空気になるのを察して、そう答えた。

「Lやん」

「バリなついですね」

ふたりが、『デスノート』のポテチのくだりで異様に盛り上がるなか、『人のセックスを笑うな』の松山ケンイチだと言いたかったけれど、タイトルを言うことも、もはや全てが憚られた。

それから私は、青りんごサワーを片手に、冷めたポテトをケチャップにつけてつまみながら、上戸彩が演じた本来登場しないキャラだったヒロインについて、ヤマザキマリ先生はどう思ったのだろうと、飲み会が終わるまで無駄に考え続けていた。
#死ぬほどサブカル女子こじらせてた

飲み会のあと、気が付けば彩子は、私に何も言わずロマエと消えていた。そういう、自分勝手な女であることは知っていたから、いっそのこと清々《すがすが》しかった。

私が腹を立てていたのは、割り勘だったことだ。

あの日私は、合コンなど二度と行かないことを誓った。三千円も支払って、下らない会話をして、最悪な気分になっただけだった。

それにしても、彩子がロマエの何を気に入ったのか、私にはさっぱりわからなかった。いわゆる雰囲気イケメンではあったが、何を摂取して生きているのか不思議になるほど、中身が空っぽだった。そもそも、コンパに喜んでくるような男に、魅力を感じられない。

相手選びのハードルが低すぎることに、羨ましささえ覚えながら、深いため息が漏れた。

いったい人は、どういうふうに恋に落ちるのだろう。

恋愛映画を観るたびに、恋人が欲しいという願望が生まれ、出会いを求めている自分はいるけれど、私が思う恋は、和民では生まれない気がした。

「帰ろ」

iPhoneにイヤホンを挿し、アジカンの『Re:Re:』を流す。

飲み会のあとは、地下鉄に乗らず、音楽を聴きながら歩いて帰るのが好きだった。

好きな芸能人の話より、こうして夜風を浴びながら一人で音楽を聴いているほうが、よっぽど楽しいと感じる私はおかしいのだろうか。

『ジョゼ』も知らないなんて、なんて愚かで、可哀そうな人生なのだろうと思ってしまう私のほうが、世界のはみ出し者なのだろうか。

河原町を抜けて、鴨川に下りる。イヤホンからは、くるりの『ハイウェイ』が流れ始める。

僕が旅に出る理由はだいたい百個くらいあって
ひとつめはここじゃどうも息も詰まりそうになった
ふたつめは今宵の月が僕を誘っていること
みっつめは車の免許とってもいいかな
なんて思っていること

何度も聴いて、覚えてしまったその歌を口ずさみながら、四条から三条へと続く鴨川沿いの道を進んでいく。

川に反射する夜の光がきれいだった。

「ジョゼ！」

もしもあのとき、ケーブルイヤホンじゃない、ノイズキャンセルイヤホンを嵌めていたら、私はその声に気づけなかっただろう。

この物語が開幕することはなかっただろう。

声がした方を振り向くと、文庫本を片手に鴨川の岸辺に座っている男の子がいた。

「それ、ジョゼ虎の主題歌やろ」

エスニックな洋服で身を固めた男の子は、挑発的な目線――いわゆるシャフト角度で私のほうを見て、得意げにそう言った。

同い年か、少し歳上くらいだろうか。横顔がどことなく、松山ケンイチに似ていた。

「うそ！」

しかし、私が叫んだのは、松山ケンイチに似ていたからでも、いつの間にか大声で歌っていた『ハイウェイ』が『ジョゼ』の主題歌だと、男の子が知っていたからでもなかった。

その男の子が、『ジョゼ』を読んでいたからだ。

言わずもがな、映画の原作となったその短篇小説も傑作としか言いようがない。

「ジョゼ虎、好きなんですか」

酔っているせいだろうか。それとも夜の鴨川にはそういう力があるのだろうか。気が付けば話しかけていた。

「好きじゃないやつ、いるん」

男の子は言った。

私は首を横に振った。

「あの、折り入って訊きたいことがあるんですけど」

私はイヤホンを外すと、そう言いながら、岸辺に歩み寄った。

「なに」

鼓膜に、その声と、川の音が、ダイレクトに響いた。

「自分のこと、映画好きって公言しておきながら、『ジョゼ』も知らんのって、軽く、ありえませんよね」

誰かに共感してほしかった。

私のことを変じゃないと、変なのは世界のほうだと、そう教えてほしかった。

男の子は、本を閉じて、ふうと息を吐いた。

そして、私のほうをじっと見て、深く頷いて言った。

「それは、軽くじゃなく、ありえへん」

#あの瞬間人生はじまった

それが私と凪《なぎ》の出会いだった。

「それでロマエ、最近観た映画のなかで、いちばんよかったの『テルマエ・ロマエ』って答えたんですよ。一瞬、溜め息でそうになって」

「だから、ロマエなんや。でも『ジョゼ』のくだりのあとにそれは、ため息でそうになるな。最近の邦画なら、『そして父になる』がおれはよかったけど」

「同じく。私、是枝監督の映画やったら『空気人形』が狂おしいほど好きなんですけど、観たことあります？」

「うん、観た観た。板尾さんの演技、めっちゃよかったよな」

「わかる。私あれからめっちゃ板尾さんのファンで」

あの夜私たちは、鴨川に居座り、好きな映画について話し続けた。

まだ七月になったばかりだというのに、本当に蒸し暑かった。でも、ふたりとも帰ろうとはしなかった。途中、喉が渇いて、ローソンに水を買いに行って、明るいところで顔を見られるのが妙に恥ずかしかったりした。

「てか君はなんで、鴨川で本なんか読んでたんですか」

じわじわと空が白んできて、もうすぐ始発が動きはじめるというタイミングで、私は訊いた。

そのとき、知らない男の子を、君と呼んでみたかった微かな夢が叶った。

朝まで話し続けたのに、私たちはまだお互いの名前を知らなかった。同じような京都の賢くもバカでもない大学に通っていることも、同じ二十歳だということも。

でもやはり、相手を知るのに、くだらない質問合戦もいらなければ、自己紹介すら必要ないのだと、私はなんだか勝ち誇った気持ちになっていた。

それによく考えてみれば、『ジョゼ』の主人公も、クミ子という名前を勝手にほかして、恋人にジョゼと呼ばせていた。そっちのほうが素敵だからと。

「好きやねん。こうして、部屋じゃなく、夜の雑踏のなかでする読書は、誰かの物語の登場人物になれた気がするから」

空を仰ぐように寝転がって、凪は言った。

「自分の物語じゃなくて？」

「そう。やってみたらわかるで」

言わずもがな、あのとき凪も、サブカルをこじらせていた。

「ふうん」

いっきに体温が上がるのを感じながら、私は凪を見下ろした。

「おれ、明日の夜もここで本読む予定やけど、来る？」

そう誘われることを、知っていたからだ。

「来てもいいけど」

だって私たちは探していたのだ。

ＬＩＮＥの交換じゃない、私たちの物語に相応しいはじまりを。

隣同士で座った瞬間から、こうして朝になるまで。

#三条京阪から始発で帰った

とびきりいい映画を観終えたあとみたいに、余韻が醒めなかった。

電車に揺られているときも、切符を通したときも、シャンプーをしているときも、歯を磨いているときも、私はずっと凪のことを考えていた。

ベッドに横たわり、本棚を眺めた。どの本を持っていくべきだろうか。心臓が波打って、なかなか寝付けなかった。

凪のことを考えずにはいられなかった。

つまるところ、完全に恋をしていた。

昨日まで、恋のはじまり方さえ知らなかったのに、私はもう恋の全てを知っていた。


目が覚めると、昼過ぎだった。

五限目のただ座っていれば単位がもらえる授業だけ受けに行くと、昨日と同じ花柄のセットアップを着た彩子が話しかけてきた。

「昨日、ごめんな」

「何が」

割り勘だったことか。それとも、何も言わずに抜け出したことか。

「え、やっぱり怒ってる？　ほんまごめーん」

その顔に謝罪の色はなかった。そして彩子が謝っているのは、割り勘だったことじゃなく、ロマエと抜け出したことだろう。

「あれからロマエとどうやったん」

私にそう訊いてほしいからだ。

「ロマエ？」

「あ、ごめん。違う。えっと、なんて名前やっけ」

「藤森《ふじもり》くん」

「そうそう、その人」

名前を思い出したところで、もう私の中ではロマエだった。

しかし昨日、あんなに悪口を並べたものの、ロマエがいなければ、あんなふうに凪と打ち解けることはなかっただろうと思えば、急にキューピッド的な神聖な存在にすら感じてきた。

「うん。ほんでな、あれから部屋行って、一緒に寝てん。朝はマクド行って朝マック食べて、めっちゃたのしかった」

「なんと。流石、モテる女は違いますなあ」

褒めながら、バカだなと思った。

先輩といえども、知り合ったばかりの男にすぐに股をひらくことに関してもそうだけれど、イントロもAメロもBメロも演奏しないで、いきなりサビを歌ってしまうところが、いちばんバカだと思った。

でも私は、わざわざ彩子に説教したりしない。

彩子は、私の世界の一時的な登場人物でしかないからだ。私はただ、大学に友達がひとりもいないという状況を回避できればよかった。彩子のバカさは、変に気取っている女子よりも面白かったし、何より彩子と一緒にいると自分がものすごく知的な人間になれた気がした。

「えへへ。部屋もめっちゃおしゃれでな、家具とかも白と黒で統一されてんねん」

個人的には最悪な配色センスだと思ったが、口にはしなかった。

「付き合うの」

「わからんけど、たぶん。今日も会う約束してるし」

「そっか、おめでと」

よくてセフレ止まりやなと思いながら、私は指先だけで拍手をした。

「うん。夕もはよ、彼氏つくりや」

「頑張るわ」

彩子に凪のことは言わなかった。

喋ってしまったら、物語が台無しになるような気がしたから。

「なあ、彩子のいちばん好きな映画って何」

知りたかったわけじゃない。ただ、確認したかった。

「えー、そんなん急に言われてもわからへん。あ、でも、人生でいちばん泣いたんは『恋空』」

「わかる」

私は言い、確信した。

やっぱり世界は、同じレベルのもの同士が惹かれあうようにできているのだ。
　#セカチューは青春だったけど

鴨川にはその日も、指示されたわけでもないのにカップルが等間隔に並んでいた。金曜日の夜だったので、普段は五メートル間隔なのが、二メートルほどになっている。

凪は昨日と同じ場所にいた。スタバのカップを片手に、酔っぱらって鴨川に飛び込んでいるアホを眺めている。

その横顔はやはり松山ケンイチに少し似ていて、否応にも胸が高鳴った。

「ああいうのって、どう思いますか」

私は隣に座り、おそらく自分たちと変わらない年齢のアホを見つめながら訊いた。

「違う世界の住人やなって思う」

凪は答えた。

「わかる」

今度は、心の底から言った。私も、彩子やロマエを違う世界の住人だと思っていた。言い変えるのなら、見下していた。同じ大学に通っているのに。

「何時からいたんですか」

「さっき」

「あのあと、寝られましたか」

「まあまあ」

その落ち着いた表情は、何を考えているのかわからなかったけれど、私を好きになってくれていることだけはわかった。

「何の本、持ってきたんですか」

アホが一層激しい雄叫びをあげるなか、私は訊いた。

「『スプートニクの恋人』」

風呂敷のようなバッグから、凪が文庫本を取り出す。

「それ、村上春樹の作品でいちばんすきです」

全作読んだわけじゃないけど、私は言った。

「そうなんや。おれ、これだけ読んだことなかったから」

と凪は口元で笑ってから、「君は」と訊いた。

「私は『燃えるスカートの少女』」

シュールで幻想的で少しホラーなエイミー・ベンダーの短編集。持っている本のなかで、最も表紙が好きだったから、これにした。やや難解で、読むのに苦労して、まだ一篇しか読んでいなかった。

「どこで買ったん」

「恵文社」

意気揚々と私は答えた。

京都の一乗寺にある本屋で、気に入って、月に一度は足を運んでいた。恵文社には、大衆的なベストセラーは置いていない。その代わり、普通の書店では出会えない本が、セレクトして置いてあるのだ。

「あそこに売ってる本、おもろいよな。おれ、こないだ、廃墟の写真集買ったわ」

きっとお互い、平凡な、つまらない人間じゃないということを、必死でアピールしていた。それは、サブカルの沼に浸かりながらも、そこまでマニアックな知識もない、美大生でもない、京大生でもない、平凡な大学生だった私たちの、コンプレックスの裏返しだったのかもしれない。

「じゃあ、読もか」

「うん」

「読み終わったら、感想言いあおう」

「本の？　それとも、誰かの物語の登場人物になれたかどうかの？」

凪といるとき、私はいつも気の利いたセリフを探していた。きっと凪の物語の登場人物として、相応しくなりたかったのだ。

「両方や」

凪がどうだったかは知らない。けれど私は凪の放つ無駄のない言葉が、たまらなく好きだった。


それから、ナンパ待ちのギャルと、不細工なカップルに挟まれながら、岸辺に並んで本を読んだ。

というより必死で、読んでいるふりをしていた。

正直、一文字も頭に入ってこなかった。通常の状態でも難解だと感じるのだから、全力で集中しないと読めるはずがなかった。

私の脳味噌は、はやく、凪とふたりきりになりたいと、そればかりを考えていた。


「今日、煩《うるさ》いな」

三十分ほどして、本から顔をあげて凪が言った。

「金曜日ですから」

無意味に捲ったページに、無意味に栞を挟みながら、私は言った。

アホはまだ騒いでいたし、ギャルたちのもとへは引っ切り無しにギャル男が現れ、不細工なカップルは人目も憚らずいちゃついていた。

「でも私、ちゃんと誰かの登場人物になってる」

しかし、こんなカオスな状況でも、その意味はわかった。周囲の人間にとっては、私たちが、小説を読んでいるサブカルをこじらせた感じの奴ら、というキャラになるのだということも。

「やろ」

得意げに凪が言う。

「うん」

私たちはそのあと暫く、本も読まずに、鴨川にいる人たちを、その流れを観察した。

きっと、何を感じるわけでもなく、ただ次の展開に備えていた。

「なあ、移動しいひん」

そして、凪が言った。

「うん」

本を読み始めてからずっと、その言葉を待っていた。

「さっきからおれ、蚊、めっちゃ刺されてんねん」

それは事実だったのかもしれないし、この場を離れるのに、最も適したいい訳だったのかもしれない。

「え、私、全然刺されてへん」

「おれがO型やから、集中攻撃受けてんねん」

「いや、私もO型ですけど」

「じゃあ、おれの血のほうが美味しいんやわ」

立ち上がりながら、凪がにやりと笑う。

「いや、私のほうが美味しいから」

私も立ち上がり、笑った。

空になったスタバのカップを手に、凪が歩き出す。その背中を追いかける。

「どこに行くの」なんて、そんな野暮なことは訊かなかった。

私たちはただ、適切な場所で、お互いの名前を伝え合いたかった。

#手はまだ繋がなかった

二十分以上歩いて辿り着いた凪の部屋は、家賃四万円のボロアパートだった。

「汚くてごめん」

「ううん、全然」

その汚さこそ、私が求めていたものに違いなかった。薄暗くて、狭いキッチンを見て、最高だと思った。ここが物語の舞台になるのだと、胸が躍った。

さらに私の胸を高鳴らせたのは、ちゃぶ台の上に置かれた原稿用紙だった。

「小説、書いてるんですか」

「うん」

「すごい」

「すごくないよ」

「プロとか目指してるんですか」

「一応。純文系の賞は応募してる」

「すごい」

私はアホの一つ覚えのように言った。

小説を書いている人なんて、周りで見たことはなかった。それもこの時代に、手書きなんて、内容を読まなくても、それだけで文学的に感じた。

「ほんまにすごくないから、まだ。珈琲、淹れてくる」

すごくなるかもしれない予定の人と一緒にいることが、十分、贅沢だった。

鞄から一眼レフを取り出す。夢に描いていた光景を前に、いてもたってもいられなかった。

ファインダー越しに狭いキッチンを覗くと、インスタントコーヒーを淹れている姿が見える。あまりにも絵になっていて、考えるより先に、シャッターを切っていた。

音に反応して、凪が振り返る。

「それって、一眼レフ？」

「うん、キヤノンのKiss」

凪は珈琲が入ったムーミンのマグカップをちゃぶ台に置いた。

「写真、好きなん」

好きと答える代わりに、インスタを開いて、機種変したばかりのiPhone5を渡した。

〈yuu_film20〉は写真を投稿するために作ったアカウントだった。

そもそもカメラをはじめたのも、インスタがきっかけだ。

半年前、メインアカウントに流れてきた、紫陽花畑で佇む白いワンピースを着た少女の写真。加工のせいもあったのだろうが、現実じゃないみたいに美しかった。

写真には〈#ファインダー越しの私の世界〉そのタグがあり、タグに飛ぶと、一眼レフで撮影された物語を感じさせる写真が連なっていた。

私はそのエモーショナルな世界観に一瞬で憧れた。こんなふうに世界を切り取ってみたい。

そんな衝動に駆られ、翌日には京都駅のヨドバシカメラでこのカメラを購入していた。

一眼レフは魔法の道具だった。このカメラで撮影すれば、なんでもなかった風景が映画のワンシーンのようになった。

「これって、君のアカウント」

私は頷いた。

フォロワーは百人もいなかった。でも、十分だった。友達ではない、見知らぬ誰かにフォローされているだけで、自分が特別な存在であるような気がしていた。

「ゆうって、どう書くの」

アカウント名を見て、凪が訊いた。

「夕方の夕」

私は用意してきたみたいに答えた。

「夕の写真、おれ、すきやわ」

それは、告白なんかより、よっぽどうれしい言葉であると同時に、告白にかわりなかった。

「それ、おれのアカウント」

インスタのお知らせには〈nagigram.7 があなたをフォローしました〉と表示されている。

凪のアカウントに飛ぶと、大学で撮ったのだろう教室の写真や、京阪電車の写真など、統一感のない投稿が並んでいた。

「人生が動いたと思った瞬間にだけ、投稿してる」

凪は言った。

昨日投稿された、鴨川を背景に撮られた『ジョゼ』の文庫本について、私は訊きたかったけど、

「なぎって、どう書くの」

それだけを訊いた。

「夕凪の、凪」

用意していたみたいに凪も答えた。

「夕凪って？」

「波のない海のこと。夕方、海の風と陸の風が交差するとき、風がなくなるねん」

「へえ、見てみたい」

「今度、見に行こ」

細長い凪の指が頬に添えられる。

「うん」

私は、その指が頬から離れないように、静かに、頷いた。

風がなくなる。

私たち以外誰も生きていないような静かな夜の中で、キスをした。

私ははじめてだったけれど、凪がはじめてじゃないことは、訊かなくてもわかった。

そして、赤いペルシャ絨毯みたいな柄の絨毯の上で、一時間セックスした。

#普通に痛かった

イントロが流れた瞬間、その曲が好きだと確信するときがある。そんなふうに私は、声をかけられたあの瞬間からきっと、凪を好きになると知っていた。

「コンビニにアイス買いにいかん」

セックスが終わったあと、恥ずかしげもなく水玉模様のトランクスを穿きながら、凪は言った。

「行く」

まだ股のあいだがじんじんと痛かったけれど、そう答える他なかった。凪が想像以上に慣れていたのもあるけれど、処女だなんて、言いたくなかった。慣れているふりをしたほうが、私たちの物語に相応しいと思った。

外に出ると、ぽたぽたと温い雨が降っていた。

凪は傘を取りに行くかどうか議論もせずに、そのまま歩き出した。私もそれでいいと思った。

凪の家からいちばん近いコンビニはファミリーマートで、相談の上、ソーダ味とチョコ味のパピコを買って、分け合った。

「なんか、いいな」と凪が言った。

「うん」

というか、人生最高の夜だった。

結果的に、出会った次の日に致してしまったわけだけれど、出会ってから、ずいぶん時間が経っているような気がしていた。

だから彩子とロマエとは、ぜんぜん違うと思った。あんな、コンパで少し喋っただけの相手とその晩にセックスするのとは、ぜんぜん違うって。

だって私たちはちゃんと、イントロとAメロを演奏した。それから、完璧なタイミングでサビに入ったのだから。

それに『タイタニック』のジャックとローズだって、出会って一日でセックスしていたけれど、あれは素晴らしいシーンだった。

うまく言えないけれど、そういう感じだって、思った。

暖かい夜のなか、パピコを吸いながら、自然と手を繋いだ。

付き合おうと言いあわなくても、私たちはもう恋人だった。

#事後はパピコを買いにいくのが習慣になった

それからは毎日のように一緒にいた。

週五は夜更かしをして、小さなテレビで一緒に映画を観た。つまり、ほとんどのとき私は、凪の部屋に入り浸っていた。

映画に出てくるみたいな凪の部屋が好きだった。この部屋にいると、物語の主人公になれた。私は夢中でシャッターを切った。

異様に盛り上がった夜は、誰にも見せられない写真を撮りあって笑った。

インスタには、その日いちばん好きだと思った写真を載せた。風景ばかりだったけれど、その裏側には必ず私たちがいた。

私の世界は、凪一色だった。

凪に会えない日は、凪がいいと薦めてくれた本を読んだ。

凪がいいと感じたものを、私もいいと感じたかった。

「凪はなんで、小説家になろうと思ったん」

小ぶりな胸を晒したまま、私は凪に色んなことを問いかけた。

凪といるとき、私はいつも、違う私を演じていた気がしたけれど、セックスが終わったあとだけは、素に近い状態になれた。

「前の彼女が読書好きで、色んな本、教えてくれて、ハマって、書いてみたくなって、書いたら、ハマった」

凪もなぜだか、饒舌に、素直に答えてくれた。

「そうなんや」

でも前の彼女の話が飛んでくるとは思っていなかったから、私の心は一気にざわめいた。

「どんな彼女やったん」

傷口が深くなるだけなのに、訊かずにはいられなかった。

「三つ年上やったな。画家目指して、美大通ってた」

それって、高校生のときに大学生と付き合ってたってこと？　どんなふうに、出会ったん。彼女、美人やった？　胸大きかった？　いまも、ＳＮＳとか繋がってる感じ？

「へえ、すごい」

一瞬で、問い詰めたいことが山のように浮かんだけど、ばかみたいな顔を取り繕って、それだけを言った。途轍もなく棒読みだった。

「てか、アイス買い行こ」

妙な沈黙が生まれたのを察して、凪が床に脱ぎ捨てた鼠色のＴシャツを着ながら言った。

「うん」

私も布団のなかに埋もれていたパンツを探して穿いた。


「夏が終わるな」

ファミリーマートに行く途中、道端に落ちている蟬の死骸を見て、凪が言った。

「うん」

「死んでると思った蟬がさ、急に飛んでくることあるやん。あれ、セミファイナルって言うんやって」

凪は、私を笑わせようとしていた。

「めっちゃおもろい」

けれど私の顔は引き攣ったままで、うまく笑えなかった。

自分で訊いたくせに、嫌気が差すほど、落ち込んでいた。

美大に通っていた凪の元カノはきっと、サブカル気取りな私なんかよりも、もっと本格的にアートな人で、色んな作品を知っていて、根本的に解っていて、凪の人生に刺激を与える存在だったのだろう。

もしかしたら、凪が薦めてくれた本はぜんぶ、彼女が読んでいた本だったのかもしれない。

いや、きっと、そうだったのだ。

「明日さ、海行かへん」

だから凪がそう誘ってくれたのは、明らかに不貞腐れている私の機嫌を直すためだった。

凪は少しも悪くないというのに、私はちょっと迷ったふりをしてから、「行く」と言った。

#帰りにセミファイナルに遭った

次の日はエフィッシュでアボカドとツナのサンドイッチを食べてから、レンタカーを借りて、八丁浜に向かった。八丁浜は京都の日本海側に位置している。私たちの住む舞台から、いちばん近い海だ。

車の中では一曲目に『ハイウェイ』を流して、そのままくるりを聴き続けた。

凪が免許を持っていたことは、はじめて知った。もう、何もかもを知っているような気がしていたけれど、私たちは出会ってまだ二カ月も経っていないのだった。

「もうすぐ着くで」

「うん」

運転姿がいちいち私の胸を焦がした。

八丁浜に着いたのは、夕方だった。

車から降りると、そこには、波のない、穏やかな海の姿があった。

「夕凪や」

凪が感嘆の声を上げる。

ファインダーを覗くと、夕陽の色に染まった水平線がどこまでも続いていた。時間が止まったみたいだった。

何度かシャッターを切ったあと、

「私が、凪のデビュー作の表紙撮るから」

凪の顔を見ずに、水平線を見つめながら私は言った。

半分は、元彼女に負けたくないという気持ちだった。

もう半分は、焦っていた。

いつか小説家になった凪の隣に相応しい人間にならなければと。そうじゃないと一緒にいる資格がないような気がした。

「頼むわ」

凪は笑って言った。

本気でも嘘でも、うれしかった。

「私、凪と、ずっと一緒にいたい」

「いよう。死ぬまで」

小説をたくさん読んでいるからなのだろうか、凪は時々、そういう恥ずかしいことをさらりと言って、それはいつも私の心を喜ばせた。

「うん」

それから私たちは肩を寄せ合って、再び波が訪れるまで、夕凪のなかで佇んでいた。
#若かった

あの日、大人になるまでに、時間はまだたっぷりあると思っていた。

永遠のように、二十代が続くとすら感じていた。

けれど私は、こうしてあっという間に三十歳になった。あの日の自分より、十歳も年上になった。

月明かりの下、私は凪からいいねが来た理由を探していた。

凪が、理由もなく反応してくるとは思えなかった。なぜなら私たちは、いつだって、それは別れのときですら、自分たちの物語が特別になるように、意識していたのだから。

いいねされた、あの日の海の写真を見返す。

——そして、ようやく気が付いた。

今日は十年前、八丁浜に夕凪を見に行った日だと。

凪のフィードが五年ぶりに更新されたのは、その瞬間だった。

「人生が動いたと思った瞬間にだけ投稿してる」

記憶からその言葉が浮き上がってくる。

凪が投稿した写真は、雑誌の一部を映したものだった。

投稿の一枚目に『文学世界賞二次選考結果』という見出しがあり、

最終候補作
『夕凪』　萩原ナギ

二枚目に、作品名とその名前があった。


私は部屋に戻り、波を布団に寝かせてからカウンターキッチンで、買い置きしておいたカルピスソーダをいっきに飲んだ。

胸のざわめきが治まらない。

――凪はあれからも、小説を書き続けていたのだ。

あの投稿は、文学賞の最終候補に残ったという知らせに他ならなかった。

何よりも私の心を惑わせていたのは『夕凪』というタイトルだった。

本棚の上でインテリアと化しているKissと、目が合う。

大学を卒業してから、ほとんど触っていない。

いつしかスマホばかりで写真を撮るようになっていた。

私はKissを手に取ると、埃を払い、静かに出かける準備を始めた。

波のおむつを替えてから寝室を覗く。洋介はいつも通り、鼾《いびき》をかいて眠っている。死んだように眠るその寝顔は、改めて見ると、板尾創路に少し似ている気がした。

「行ってきます」

私は言った。もう結婚して三年になる。これくらいの声量で、洋介が起きないことを知っていた。

これほど深い眠りについている洋介の傍に、波を置いてはいけない。また泣きださないように祈りながら、チャイルドシートに乗せる。

誰にも気づかれずに移動できたことにほっとして息を吐く。そして八丁浜にナビをセットすると、車のアクセルを踏んだ。

車の免許は、凪と別れてすぐにとった。

失恋して旅に出ようと思ったからではなく、仕事で必要だったからだ。

ここから、八丁浜までは二時間半。朝までにはたどり着ける。

どうしても今日、行かなければいけない気がした。
#もう一度会える気がした。

「あたしな、卒業したら、純也《じゅんや》と結婚すんねん」

彩子がそう言ったのは、四回生の夏だった。

「え」

「てか子供できて」

「待って。純也って誰」

凪と付き合うようになってからというもの、彩子と話すことは極端に減っていた。お互い彼氏ができたことを皮切りに、大学をサボりがちになったのもあるし、そもそも親友というわけでもない。

「藤森君」

「だから誰よ」

「二回生のとき、一緒にコンパ行ったやん。覚えてへんの」

「……ロマエ!?」

久々にその名前を思い出した。

「いや、誰」

彩子にしてはもっともな突っ込みだった。

「いや、ごめん。てか、え、別れたんちゃうかったん」

最後に聞いた情報では確かそうだった。

「そやってんけど、また付き合って、別れたり、くっついたりしてて、結果的にこれ」

と、彩子がまだ膨らみのないお腹を指す。

「なるほど。すごい展開やな。うん。とりあえず、めっちゃおめでとう」

あの日と同じく、指先だけで拍手をしながら言ったものの、全然、おめでとうとは思えなかった。

だって、相手がロマエなのに加えて、妊娠しているなんて。卒業したら、主婦になって、母になって、それだけの人生なんて。そんなの、なんだか、可哀想だとさえ思った。


「凪は結婚とかってどう思う」

その夜、凪の部屋で映画を観ながら、私は訊いた。その日観ていた『チョコレートドーナツ』は、ゲイのカップルが、障がいのある男の子を育てるストーリーで、何度も涙がこみ上げてきた。

「まだ、わからん」

凪はMacBookで小説を書きながら答えた。先輩から安く譲ってもらったらしい。

「やんな」

死ぬまで一緒にいようと言われるのと、結婚はイコールではないのだと思い知らされながら、私はこんなに素晴らしい映画を観ないなんて信じられないと感じていた。

凪と付き合って、二年が経っていた。

相変わらず毎日のように一緒にいて、一緒にいられない日は淋しくなったし、どちらかが飲み会に行く日はヤキモチを焼いたりもする。

けれど、夕凪を見に行った日のような、美しい気持ちは、私たちの間にはもうなかった。

ふたりで過ごすことが当たり前になると、作品のことを夢中で語ることはなくなり、次第に映画も一緒に観なくなり、欲求不満を解消するわけでもない、ただ恋人だと確認する作業のようなセックスも五分で終わった。

ただ、事後にアイスを買いにいく習慣だけは、律儀に守られていた。

「就活、どうなん」

コーヒー味のパピコを食べながら凪が訊く。

「エントリーシート書いてる」

私はソーダ味のパピコを食べながら答えた。

「大変そやな」

本当はもう食べ飽きていたけれど、それを言ったら、この二年間のすべてが溶けてしまうような気がして、言えなかった。

「凪は」

「おれは、やっぱ、小説家になりたいし」

「なれるよ、凪なら」

それは口癖のようになっていたけど、就職しても小説は書けるんじゃないかと喉まで出かかってもいた。そう思ってしまうのは、眠れない夜中にこっそり読んだ凪の小説が、純文学だからというわけじゃなく、ちっとも面白くなかったからだ。なんというか、前衛的というわけでもなく、春樹に感化されたオナニー小説としかいいようのない内容だった。就活もせず、こんな変な小説を書いているのだと知って、正直引いた。凪は文芸誌に自分の名前が載らないことを、いつも心の底から悔しがっていたけど、これでは一次選考も通過しないのはしょうがないと頷けた。

しかし、凪のことをどうこう言う資格は、私にはない。

表紙を撮るなんて宣言をしておきながら、私の写真の技術は何も成長していない。この二年間で、〈yuu_film20〉のフォロワーは五十人増えただけだし、ときどきハッシュタグで参加できるフォトコンテスト等にも応募してみたけど、選ばれたことはない。

でも凪みたいに悔しくなかったのは、本気で写真家になりたかったわけじゃないからだ。私はただ、あのタグに写真を投稿している自分が好きで、凪の隣にいたかっただけだ。

溜め息が漏れる。

「どうしたん」

「ごめん、就活だるいなと思って」

「わかるよ」

してないんやから、わからへんやろ。

「うん、泣きそう」

私は昼間、彩子のことを可哀想だと思った。

もう何者にもなれない彩子が、可哀想だと思った。

けれど本当は、何者にもなれないのは私だった。

#凪と結婚したかった自分がいた

秋から冬に変わった頃に、私の就職が決まった。写真とは何の関係もない、地元に根付いた不動産会社。東京の企業に行く子もいたけど、私は京都から離れることが考えられなかった。心のどこかではまだ、凪と離れるのが嫌だったのかもしれない。

「お祝いに、線香花火しよ」

棚の上に置きっぱなしにしていた去年の余りの線香花火が目に入ったのだろう、凪は言った。

「冬やのに？」

「冬やからやん」

「なるほど、わからん」

私は突っ込みながらも、Kissを首に下げて、凪に続いてベランダへ出た。

冷えた空気が、ゆったりと夜を泳いでいる。

「これ、夕の線香花火」

「ありがとう」

凪がライターで火をつけてくれる。飴色のかたまりが、バチバチと音を立てて弾けだす。

「夏のにおいがするな」

凪が言う。

「夏のはじまり？　夏の終わり？」

片手でカメラを構え、ファインダー越しに凪を見つめながら訊いた。

「授業のはじまりにも終わりにもチャイムは鳴るやん。そういう感じ」

シャッターを切りながら、私は考えている。

この線香花火は、はじまりなのか。それとも終わりなのかを。

「来年の夏はさ、大きい花火見に行こっか」

凪が言う。

「うん」

頷きながらどうしようもなく切なくなるのは、答えのない物語に憧れていたのに、答えのない物語に耐えられなかった自分がそこにいるからだ。

「このあとさ、久々にふたりで映画観たい」

そのときの私の声は、真剣すぎたかもしれない。

「……じゃあ『ジョゼ』は」

最後に、という言葉をつけなくても、凪は感じ取ったのだろう。あまりにも最終回に相応しい映画だった。

凪のことが嫌いになったわけじゃない。

それどころかまだ、好きすぎるのかもしれない。

でも、大学卒業という制限時間までに、何者にもなれそうにない私たちの関係は、この線香花火のように落ちる寸前で、いちばん素晴らしい瞬間は、もうとっくに過ぎてしまっている。

そして小さくなった火種が大きくなることはない。

「うん。借り行こ」

レンタルショップまで、手を繋いで行った。凪のほうから繋いできた。その力は、涙がでそうになるくらい強くて、やっぱり違う映画を借りたくなった。けれど、私の手はちゃんと『ジョゼ』をレジに持っていって、凪は少しだけ泣きそうな顔をしていた。

その顔を視界に入れながら、だったら、もう少し本気で愛してくれたらよかったのにと思った。

夜更かしして『ジョゼ』を観た。真剣に、無言で観た。

これまでふたりで観なかったことに意味があるとしたら、私たちに相応しいエンディングを迎えるためだったのかもしれない。

凪といる時間はやっぱり現実じゃないみたいで、好きだった。けれどすぐに、その現実じゃないみたいな感じが、嫌になることもわかっていた。

だって私はもう、凪の夢を心から応援できない。そして自分自身が、夢に生きられる人間じゃないことを、自覚していた。特別な存在に憧れながらも、私は普通にしか生きられない側の人間なのだということを。

バカにしていた彩子とロマエが永遠を誓い合い、イントロもAメロもサビに入るまでも完璧だった私たちは、映画が終わったら別れ話をする。

けれど、終わりがあるからこそ、ハッピーエンドじゃないからこそ、この物語が最高に美しくなることを、私たちはもう知りすぎていた。

#夏のにおいだけが残った

八丁浜に着いたのは、朝の七時だった。

思いのほか、車の振動が心地よかったのだろうか。波は深く眠り込んでいる。起きないようにそっと抱きかかえ、ゆっくりと海へ歩を進めた。

「朝凪や」

目の前に広がった光景に、時が戻ったような感覚になった。

波のない、おだやかな海。

昇ったばかりの太陽の光が、きらきらと水面に反射している。

この時間帯は、夕凪と同じく、陸風と海風が入れ替わるときに、海辺の風が一時的に吹かなくなるのだ。

もしも私の名前が朝だったら、凪はあの日、朝の海に連れてきてくれたのだろうか。『朝凪』というタイトルの小説にしただろうか。

「凪」

そんな下らないことを考えながら、私は海に向かい、十年ぶりにその名前を呼んだ。

「凪」

もう一度、さっきよりも大きな声で。

「凪、私な、三十歳になってん」

言いながら、涙がこみ上げてくる。

ここに来れば、会えるような気がしていた。

けれど、やっぱりもう、いないのだ。

大声を出したせいだろう。いつしか目を覚ましていた波が、不安そうに私の涙に手を伸ばす。

「まま」

それは波が唯一話せる言葉だ。

私は波を抱きながら、砂浜に座り込んだ。

「ママな、会いたかってん」

どうしても、会いたかった。

もう一度だけでも、会いたかった。

凪にじゃない――凪といたときの自分に、会いたかった。

結婚して子供が生まれ、誰もが正解だと言ってくれるだろう人生を手に入れたのに、心のどこかでずっと、私はあの頃の自分が恋しかった。

バカみたいな服を着て、わざわざ恵文社に行って本を探し、物語の素晴らしさを噛みしめ、ファインダー越しのなんでもない景色に意味を感じていた自分が。

鞄のなかで、スマホが震えている。洋介からの着信だった。

「はい」

学生時代だったら取らなかっただろうと思いながら、電話に出た。

「ごめん、今起きた。波もいないし、車もないし、心配してる。どこにいる?」

洋介の声は、良くも悪くも、私を現実に引き戻す。

「過去にいる」

水平線を見つめながら私は答えた。

洋介とは四年前、同僚に勧められて登録したマッチングアプリで出会った。

それまでも、誘いがなかったわけじゃないけれど、私は凪との物語が忘れられなかった。あんなにも、運命的で特別な出会いはなかなかあるものじゃない。だから別れたことを後悔もしていた。結果が同じだったとしても、もっと本音でぶつかり合えばよかったと、そう感じていた。

だから、顔がまあまあタイプだったという理由で、試しに会ってみただけの相手と結婚するなんて思ってもいなかった。

「子供の頃から、ずっと読んでるんです」

京野菜がメインの居酒屋で、好きな本の話になったとき『ワンピース』がバイブルで、全巻持っていて、シャンクスがルフィに麦わら帽子を渡したシーンは何回読んでも泣けると話してくれたとき、私とは合わないと思った。

自分も登録した癖に、コンパ同様、マッチングアプリをしている男なんて、とも感じていた。恋とは程遠かった。

でも私は、洋介と会い続けた。

それは、あまりにも自然に、息ができたからだった。

洋介の隣では少しも背伸びをしなくてよかった。気の利いたことも言わなくてよかったし、どんなにつまらないことを言っても、楽しそうに笑ってくれた。

「マッチングアプリとか怖かったけど、夕に出会えたから登録してよかった」

付き合い始めてから、長年彼女がいないことを先輩に心配され、半ば強制的に登録されて、最初に目についたのが私だと知った。

その証拠にSNSは一切やらず、何の承認欲求もなかった。

波が生まれてからは、給料の低さをカバーするように、死に物狂いで働いてくれた。

「お願いだから、真面目に答えて。どこにいるの」

だから、自分だけが限界だなんて、言えなかった。

一人の時間がほしいなんて、言えなかった。

「ごめん、海に行ってたよ。急に見たくなって。今から、帰ります」

#もうwonderfulは着られない

「おかえり」

家に帰ると、わざとらしいほどのエプロン姿で洋介がキッチンに立っていた。

ダイニングテーブルには、俵形のおにぎりと、豆腐とわかめのお味噌汁、お手本のような卵焼きがある。

「なに、これ」

びっくりしながら私は訊いた。

「何って朝ごはん」

「洋介が作ったの」

「うん。大学生のとき、居酒屋でバイトしてたから、卵焼きは自信あります」

洋介が自慢げに言う。私は今まで、洋介は料理なんてできないと思っていた。交際期間も含めれば四年も一緒にいたのに、居酒屋でバイトしていたことも知らなかった。

「そして、ごめん」

「え」

「俺、夕に甘えてました。毎日激務で、家のことなんもできひんの仕方ないって、どっかで思ってた。でも、そんなわけなかった。それで提案なんやけど、これから休みの日は、俺が料理とかする。どうかな」

胸が痛くなった。

何も言わずに勝手に波を連れて出かけたりして、謝らなければいけないのは、私のほうだった。なのに、私が過去に行っているあいだに、洋介は私がいなくなった理由を考えてくれていたのだ。

「この頃、波の夜泣きが激しくて、隣のオバサンにうるさいって貼り紙も貼られて、こわくて眠れなくて、ぜんぶが限界だった」

言葉を放つと、自動的に涙が溢れて来る。

「ごめん、気づかなかった」

謝ってほしいわけじゃない。その鈍感さに、救われたことが何度もある。今日だってそうだ。

「夕、これからはもっと、何でも言ってほしい。俺も気付けるようにする。だから、お願いやから、もう急にいなくならんといてほしい」

洋介が私をきつく抱きしめる。男というのは、不安を感じると力強くなる生き物なのだと感じて、愛しくなる。

「ごめん」

もしかしたら私は、ただこんなふうに、強く抱きしめてほしかっただけなのかもしれない。あっという間に毎日が過ぎ去って、疲れ切って、空気みたいになって、必要だと伝え合うことも、しなくなっていた。だからずっと、独りみたいな気がして、淋しかったのかもしれない。

「砂、つくよ」

私は鼻水を啜りながら言った。

「いいよ。お風呂沸かすし、みんなで一緒に入ろう。それから、朝ごはん食べよ」

「うん」

洋介は、私が海に行った理由について、何も訊かなかった。

潮のかおりがこびりついた波の髪を、丁寧に洗ってくれた。

卵焼きは、私が作るのよりもずっと上手だった。お味噌汁は少ししょっぱかったけど、疲れた身体には丁度よくて、作ってもらったおにぎりは、最高に美味しかった。

「今日は俺が家のことやるから、夕はゆっくりしてて」

朝ごはんを食べ終えると、洋介が、張り切って言った。

たぶん言おうと決めていたのだろう。私は頷きながら笑った。

言葉に甘え、たっぷり昼寝をしてから、ネットフリックスで『花束みたいな恋をした』を観た。主演のふたりはサブカルをこじらせていたから、過去の自分に重なりすぎて、ラストシーンは死ぬほど泣いた。

「晩御飯、なに食べたい？」

余韻に浸っていたらあっという間に夜になって、洋介が訊いてくる。

「じゃあ、ぶわぁって肉汁がでるハンバーグ」

完全に『花束』を観た影響だった。作中にでてきたさわやかのハンバーグが美味しそうだったのだ。

「任せといて」

一時間後、完成したハンバーグは、思わずふたりで笑ってしまうくらい硬くて、肉汁なんて少しもでてこなかった。

慣れない育児と家事で、疲れたのだろう。凪を寝かしつけ、晩御飯の片付けを終えたあと、洋介はリビングのソファで眠ってしまった。

まじまじと見ると、やっぱり少し板尾創路に似ていると思う。

でも、きっと洋介は『空気人形』も『ジョゼ』も観たことはないだろう。

くるりも、フィッシュマンズも聴いたことがないだろう。

いちばん好きな映画は『ジュラシック・パーク』かもしれない。

でも、それでいい。三十歳になった私は、そんなことで人を測ったりしない。

薄暗くて、狭いキッチンに憧れていた私はもういない。

今、そんな部屋に住むことになったら、最悪な気分にすらなるだろう。

「おやすみ、ありがとう」

そっとタオルケットをかけたあと、砂のついた鞄からKissをとりだす。

そして、海から帰る前に撮影した写真をスマホに転送してから、インスタをひらいた。

凪とはもう繋がっていないメインの鍵アカウントでは、彩子が小学生の息子が野球をはじめたと投稿している。

彩子は今や、男の子三人の母親になっている。毎日のように、幸せそうな家族の風景が投稿され、これ以上ない生活を送っているように見えるが、何度もロマエに浮気されているのも、そのたびに泣きつかれるから知っている。

インスタに投稿される世界が、その人の全てではない。

でも〈yuu_film20〉に残した日々は、あの頃の全てだった。

最後の投稿は、七年前。別れ話をした日の線香花火の写真。ポエムみたいな痛い文章と、例のタグが本文にある。

ベランダに残った夏のにおいを思い出す。あの日の線香花火は、凪が言った通り、終わりであり、始はじまりだった。

私は深呼吸をしてから、最終候補に残ったことを知らせる凪の投稿に、いいねを押した。

「おめでとう」

コメントはしないけれど、心からそう思う。

できるならば、どんな小説なのか読んでみたい。もし私のことが書かれていたら、泣くかもしれない。

でも、どれほど感動したとしても、私はやっぱり凪に会いたいとは思わないだろう。

あの日落ちた火種がただの灰になったように、今の私にとって凪は哀しいほど過去の人になっていた。

小説家になる夢を追い続けている凪は、平凡な主婦になった私を見たら、可哀想だと思うだろうか。

しばらくして、洋介がいつものように鼾をかきはじめる。

この音量では、波が起きて泣きだすのも時間の問題だろう。

車のなかでよく眠っていたから、少しならまたドライブに連れ出すのもありかなと考えながら、心が嘘みたいに凪いでいることに気が付く。きっと、忘れていた昔の自分に会えたからだろう。明日は家族で東洋亭のハンバーグでも食べに行こう。

そう決めながら、私はインスタを無駄に徘徊している。

さっきから、ものすごく迷っている。あるいは、迷ったふりをしている。

朝凪のなかで佇むちいさな背中の写真を、どちらのアカウントに投稿するのか。

幸せだと伝えたかった。

　#ファインダー越しの私の世界

・初出『小説推理』
「＃ネットミームと私」二〇二三年一二月号
「＃いにしえーしょんず」二〇二三年一二月号
「＃ウルトラサッドアンドグレイトデストロイクラブ」二〇二三年一二月号
「＃ファインダー越しの私の世界」二〇二三年一一月号

#ハッシュタグストーリー

二〇二四年二月二四日　第一刷発行

著者　麻布競馬場　柿原朋哉
カツセマサヒコ　木爾チレン
発行者　箕浦克史
発行所　株式会社双葉社
〒１６２－８５４０
東京都新宿区東五軒町３－２８
電話　０３－５２６１－４８１８（営業）
０３－５２６１－４８３１（編集）
http://www.futabasha.co.jp/
（双葉社の書籍・コミック・ムックが買えます）

印刷所　大日本印刷株式会社
製本所　株式会社若林製本工場
カバー印刷　株式会社大熊整美堂
ＤＴＰ　株式会社ビーワークス

ISBN978-4-575-24718-3 C0093
JASRAC 出 2400203-401

双葉社　好評既刊

夜行秘密

カツセマサヒコ

『明け方の若者たち』で鮮烈なデビューを飾ったカツセマサヒコ。待望の第二作は川谷絵音率いるバンド「indigo la End」のアルバム『夜行秘密』をベースに新たな物語を紡ぐ。恋の輝きと世界に隠された理不尽を描いた、鮮烈なラブストーリー。

一五四〇円（税込）